# Jochen Windheuser

AF289205

# Vegesacker Jungs

## Dritter Krimi aus Bremen-Nord

Cover:
Foto privat
(Skulptur „Vegesacker Junge" von Thomas Recker)
Design Laura Windheuser

Deuten heißt,
einen verborgenen Sinn finden.

*Sigmund Freud*

Bibliografische Information der Deutschen Nationalbibliothek:

Die Deutsche Nationalbibliothek verzeichnet diese Publikation

In der Deutschen Nationalbibliografie; detaillierte bibliografische

Daten sind im Internet über http://dnb.dnb.de abrufbar.

© 2024 Jochen Windheuser

Herstellung und Verlag

BoD – Books on Demand, Norderstedt

ISBN 978-3-7597-6737-0

## Vorwort

Dies ist mein dritter „Lokalkrimi" aus dem Bremer Stadtteil Vegesack, wo ich seit einiger Zeit lebe.

Mein erster spielte im Umfeld und an Deck der *Schulschiff Deutschland*, einem hundert Jahre alten Dreimaster. Lange Jahre zierte er die Mündung der Lesum in die Weser, bis er nach Bremerhaven verlegt wurde.

Der benachbarte, aber weitaus ältere Museumshaven mit seinem Ensemble historischer Schiffsindividuen hatte im Jahr 2022 seinen vierhundertjährigen Geburtstag. Diesem Jubelereignis verdankt mein zweiter Krimi seinen Titel.

Das Ambiente um den alten Haven ließ mich nicht los. Ähnlich alt wie das Schulschiff, jedoch der Legende nach so bejahrt wie der Haven selbst, ist die Symbolfigur des „Vegesacker Jungen". Sie wird bei jeder maritimen Festivität durch junge Männer im Matrosenanzug zum Leben erweckt, findet sich aber auch gleich dreimal künstlerisch in Form gebannt am Haven und an der Weser. Diese Gestalt steht im Mittelpunkt dieses Kriminalromans, insbesondere die lebensgroße Bronzefigur direkt an der Haveneinfahrt, die eigens für den Havengeburtstag von Thomas Recker, einem Bremer Bildhauer, geschaffen wurde.

Wie bei den beiden ersten Krimis: Alle Namen sind frei erfunden, viele Charaktere auch, ebenso die Handlungen und Reden tatsächlicher Personen, deren Namen verfremdet wurden. Auch die Vorkommnisse, die den Hintergrund der Erzählung bilden, sind mir aus Vegesack nicht bekannt. Aber wir wissen, dass es sie allzu häufig gibt, in Deutschland und anderswo.

JW

# Inhaltsverzeichnis

## Prolog

Luise winkte die Gruppe weg vom Grauen Esel, dem unscheinbaren Restaurant mit dem auffälligen Zweiteinstieg über eine unförmige Betontreppe direkt ins Obergeschoss. Die ehrenamtliche Stadtteilführerin hatte, wie jedes Mal, ungläubiges Kopfschütteln provoziert.

„Bei jeder schweren Sturmflut steht das hier unter Wasser? Bis zu den Fenstern?" Die beiden pausenlos kichernden Teenies preschten vor und befingerten die Scheiben. „Und das hält?"

„Ich habe schon dringesessen und die Fische vorbeischwimmen sehen", log Luise, aber alle hatten sofort das Bild vor Augen und grinsten.

Wenige Schritte, und es öffnete sich der Blick auf den weiten Weserbogen. Die Sonne spiegelte sich im leicht kabbeligen Wasser, noch in Unruhe vom blauweißen Küstenmotorschiff, dessen Heck flussaufwärts entschwand.

„Das ist der Utkiek."

„Der was?"

„Utkiek heißt Ausguck. Das ist der schönste Weserblick in ganz Bremen." Nicht das erste Mal ließ Luise spüren, wie gern sie ihren Stadtteil Vegesack mochte, und wie zwiespältig sie auf das ‚eigentliche' Bremen zu sprechen war.

„Alle mal umdrehen!" Luise präsentierte das alte Havenhaus, Restaurant und Hotel, das älteste Gebäude vor Ort. Im 17. Jahrhundert gebaut, war es Sitz des Havenmeisters und Kneipe seit eh und je, mit allen Höhen und Tiefen. „Hier kehrten sie alle ein und haben ihre Heuer versoffen, die Seeleute von den

Handelsschiffen oder nach der Grönlandfahrt auf Wale oder bis vor gut fünfzig Jahren noch die Fischer von den Heringsloggern. Vegesack hatte zeitweise die größte Heringsflotte Europas!"

Die Touristen nickten anerkennend. Ein schönes Gebäude, nicht gerade imposant, aber kräftig und gediegen. „Und gut in Schuss!", lobten sie.

Luise zog die Gruppe weiter. Das Fährhaus, die nächste Kneipe. Dann hier, an der Ecke zur Alten Hafenstraße, noch eine. „Und hier oben an der Wand, das ist der Vegesacker Junge!"

Alle Blicke wanderten hoch zum meterhohen Wandbild - ein Fresko? - eines jungen Matrosen, das sah man sofort, mit blauer gegürtelter Hose und weißem Hemd, die Ärmel aufgekrempelt, die nackten Füße steckten in klobigen Holzschuhen, auf dem Kopf eine runde graublaue Mütze, im Mund eine qualmende Pfeife. Beide Hände zogen die Hosentaschen auf links: Nix drin! Kein Geld! „Alles versoffen, wie gesagt!", verkündete Luise. Und unter dem Bild in altmodischer Schrift die Worte *thom Fegesacke*.

Luise versicherte sich der Aufmerksamkeit der gesamten Gruppe und hob zu ihrem oft geübten Vortrag an: „Wer weiß, woher Vegesack seinen Namen hat?" Gespanntes Schmunzeln, keine Antwort. Vielleicht kam einer drauf, vom Wandbild her, war aber zu schüchtern, damit aufzutrumpfen.

„Eine Theorie sagt Folgendes: Der alte Kern von Vegesack liegt auf der Geest zwanzig Meter über der Weser. An zwei Stellen geht es runter zum Fluss: dort, wo früher die Fähre war", sie wies flussabwärts die Küste entlang, „und hier, wo sie heute ist. Deshalb, so wurde behauptet, hat man gesagt: Das ist der Ort, wo die Wege sacken, nämlich zur Weser hin. Darum eben: Vegesack."

Luise blickte in die Runde, aber das gespannte Lächeln auf den Gesichtern hielt an. Alle wussten: Da kommt noch was.

„Gut, also: Ich glaube nicht an diese Theorie. Kein Mensch sagt ‚Wegesack', auch früher nicht. Das V wurde immer wie F gesprochen. Die andere Theorie, die es gibt, gefällt mir besser. Danach ist Vegesack der Ort, wo den Matrosen in den Kneipen der Sack, also der Geldsack, ‚gefegt' wurde, also leer gemacht bis auf den letzten Heller. So wie auf dem Bild hier."

Luise registrierte ein zustimmendes Nicken bei den Zuhörern. Nur die beiden Teenies prusteten plötzlich los, kriegten sich gar nicht mehr ein.

Irritiert sprach sie weiter: „Dazu gibt es ein Gedicht von Georg Droste. Ich spreche es langsam, denn es ist Plattdeutsch, das versteht man nicht auf Anhieb:

> *Manch Janmaat stöhnde fröher mal*
> *Se fägen Sack un Büdel kahl;*
> *nun fägt die sware Not all lang!*
> *Doch wie in Väsack sünd nich bang.*

Alles klar?"

„Jou", sagte ein älterer Herr, um anzudeuten, dass er auch platt snacken kann. Die beiden Teeniemädchen aber waren nicht mehr in der Lage, offen in die Runde zu gucken. Stattdessen fielen sie sich theatralisch um den Hals und schnappten kichernd nach Luft. Tränen kullerten über ihre geröteten Wangen.

„Was ist denn mit euch los?", wagte Luise schließlich einen Vorstoß.

„Ach, nichts", wimmerte die eine, um dann umso lauter wieder loszuprusten. Die andere riss sich kurz zusammen: „Das klingt so komisch: ‚den Sack fegen'. Das erinnert uns irgendwie an was anderes …"

Und schon konnte sie sich wieder nicht mehr halten vor Lachen. Ein paar der anderen, allesamt deutlich älteren Touristen grienten verstehend, mochten sich aber zur Sache nicht laut äußern.

# Erstes Kapitel

## *Zum Geburtstag eine Skulptur*

Werner Blumberg, Ortsamtsleiter von Vegesack, schmunzelte über den Versprecher. Er hörte das gern. Soeben hatte ihm Konrad Habermann, der Vorsitzende des Nautilusvereins, das Wort erteilt und ihn nebenbei als ‚Bürgermeister von Vegesack' tituliert. Ob er das ironisch meinte? Egal, Blumberg freute sich.

Er erhob sich und blickte in die illustre Runde. Alles, was sich auf gehobener Ebene um die Belange des Stadtteils kümmert, war vertreten: Vegesack Marketing, der Beirat, der Wirtschafts- und Strukturrat, die Leute von den Museumsschiffen, diverse Geschäftsleute und natürlich der Förderverein ‚Vegesacker Junge'.

„Danke, lieber Konrad", sprach er zu seinem rechten Nebenmann, „für die freundliche Begrüßung. Dein Verein, die Maritime Tradition Vegesack Nautilus, der Stadtgartenverein, dessen Vorsitzender ich bin, und natürlich der Förderverein Vegesacker Junge, dessen Vorsitzender Hans Neuendorf hier zu meiner Linken sitzt, wir möchten Sie heute mit einem ganz besonderen Projekt bekanntmachen."

Er kramte zwei großflächige Pappen unter dem Tisch hervor – mit Powerpoint-Präsentationen mochte er sich einfach nicht anfreunden.

„Sie alle kennen die Figur des ‚Vegesacker Jungen', erfunden vor rund hundert Jahren und inzwischen zu einem ebenso repräsentativen Symbol für Vegesack herangewachsen wie das Ehepaar Sengstake für Bremen oder die berühmte Marianne für Frankreich."

„Hoho, weit ausgeholt!", kam ein Zwischenruf von ganz hinten im Saal.

„Warum nicht?", konterte Blumberg, „Man soll groß denken und sein Licht nicht unter den Scheffel stellen. Also: Wir haben die Darstellung des Vegesacker Jungen an der Wand einer ehemaligen Hafenkneipe am Utkiek." Er hielt den ersten Karton hoch. Nicht alle konnten es gut sehen, aber jeder kannte natürlich das Wandbild.

„Dann haben wir das Bronzerelief an der Signalstation, direkt an der Strandpromenade. Es wurde 1992 noch in der Gießerei der Werft Bremer Vulkan gegossen." Auch dieses Bild schwenkte er hoch.

Verhaltene Reaktionen. Man konnte kaum etwas erkennen. Oder war das Relief all den heimatverbundenen Gästen noch gar nicht aufgefallen? An seinem unscheinbaren Ort, mit seiner vielleicht etwas düsteren Ausstrahlung?

Unverdrossen kam Blumberg zum Kern der Sache. „Wir haben also ein zugegeben etwas einfach gestricktes Wandbild und ein verstecktes, flaches Relief, das sicher künstlerisch wertvoller ist, aber an einem ungünstigen Ort hängt und nicht gerade ein Blickfang ist. Ich hoffe, mit diesen Aussagen niemanden zu beleidigen!"

Der gewiefte Verwaltungsmann, der schon so manche Versammlung geschickt in einen sicheren Hafen gesteuert hatte, schaute sich in aller Ruhe in der versammelten Gesellschaft um, konnte aber kein finster blickendes Gesicht wahrnehmen.

Er fuhr fort: „Im Jahre 2022 feiert der historische Vegesacker Haven seinen vierhundertsten Geburtstag. Es gibt schon einige Pläne, wie wir den Geburtstag gestalten werden. Einen ganzen Sommer lang jagt ein Event das nächste: Theateraufführungen, Feste mit Musik, Straßenkünstler, sogar ein Walfangschiff wollen wir nach Vegesack holen!"

Hinten in der Versammlung brummelte und murmelte es. „Traditionsschiffe!", rief einer, „Der alte Haven muss voll davon sein!"

„Auch daran wird gearbeitet. Heute aber möchten wir drei mit einem besonderen Vorschlag an die Öffentlichkeit. Wir wollen an prominenter Stelle am Museumshaven eine große, ins Auge fallende Bronzefigur des Vegesacker Jungen aufstellen. Mitten im Geburtsjahr natürlich. Einen finanziellen Grundstock können wir aus unseren drei Vereinen beisteuern. Ich denke, der Ortsbeirat wird sich nicht lumpen lassen, und bei der Stadt stoße ich auch auf Interesse. Warum erzähle ich Ihnen das? Wir brauchen Sponsoren! Ich möchte heute mit einem Sack voll Zusagen hier hinausgehen: Zusagen in Zahlen, in Euro, aber auch in Versprechen, bei all Ihren Bekannten, die nicht bei drei auf dem Baum sind, Spenden einzusammeln."

Beifall setzte ein. Hatte der Amtsleiter geschickt Claqueure verteilt? Eine bekannte Geschäftsfrau wedelte mit einem Zettel: „Ich spende!" Jens Beilsen, in Immobilien und Bauprojekten unterwegs, nutzte den Moment. Er klatschte dreimal effektvoll in die Hände und rief mit seiner markanten Stimme: „Ich auch! Und nicht zu knapp!"

Niemand konnte sich dieser Aufbruchsstimmung entziehen.

Mitten hinein in die bewegte Szene rief Blumberg: „Und wir haben schon einen Bildhauer, der bereit ist, für einen günstigen Preis eine Bronzeskulptur zu erstellen. Ihr kennt ihn alle, er hat die Figuren auf der Terrasse am Haven geschaffen: Hermann Brosig!"

Ein älterer graubärtiger Künstlertyp mit verschmitzten Gesichtszügen erhob sich und lächelte in die Runde. Auch er bekam freundlichen Applaus.

„Er wird in Kürze einige Entwürfe vorlegen, und wir werden eine Jury bilden. Die Öffentlichkeit wird natürlich auch beteiligt!"

Jemand trat hinter Blumberg und raunte ihm ins Ohr: „Und was soll der Spaß kosten?"

Der Angesprochene drehte sich um und blickte in die undurchdringlichen, tiefgründigen Augen eines ehemaligen Bausenators. „Dreißigtausend", sagte er leise, und der Andere nickte: „Geht ja."

Ein hässlicher, nasskalter Tag. Benjamin Vogelsang, von allen Ben genannt, Journalist und nicht mehr ganz jung in seinem Beruf, hatte nach einer Woche mit milden Lüftchen und Sonnenschein nun doch wieder die Heizung angeschmissen und hockte über seinem Laptop. Sein Gartenhäuschen, sonst bevorzugtes Rückzugsbüro zum Arbeiten, war bei diesem Wetter – starker Regen, Sturm, Temperaturen im Keller – kein anziehender Ort.

Heute Abend würde er allerdings wieder nach draußen müssen. Die Redaktion der Norddeutschen, der großen Regionalausgabe des Weser-Kurier, hatte ihm, dem freischaffenden Mitarbeiter, der sich ansonsten mit diversen Themenprojekten und Volkshochschulkursen über Wasser hielt, den Auftrag zugeschanzt, über die Versammlung des Fördervereins Vegesacker Junge zu berichten. Normalerweise hieß das: Vorstandswahlen, Satzungsfragen, der übliche Kram.

Aber dieses Mal, bei der Jahreshauptversammlung 2021, kam etwas hinzu: Die Vegesacker Jungen wurden neu gewählt. Das passiert alle vier Jahre, und das ist einen großen Artikel wert, mit Porträts der Gewählten, mit Interviews und allem Drum und Dran. Eine ganze Seite springt heraus, vielleicht noch ein kleiner Kommentar auf der ersten Seite, und darüber hinaus eine Kurzfassung in der Hauptausgabe des Weser-Kurier. Schönes Geld!

Um sich vorzubereiten, hatte er die Artikel über die früheren Versammlungen auf den Bildschirm geladen, auf denen neue Vegesacker Jungen gewählt wurden. Gewählt? Zuletzt, also 2017, wurden die beiden Kandidaten vorher vom Vorstand ausgeguckt und von den Mitgliedern nur bestätigt. Zwei Studenten, einer inzwischen Jungunternehmer, smart und erfolgreich.

Der Bericht von 2017 stammte aus seiner eigenen Feder. Ausführlich hatte er die Aufgaben dieser Repräsentanten des Stadtteils umrissen. Auftreten mussten sie im Matrosenanzug, wenn eins dieser Events anfiel: Festival Maritim, Vegesacker Markt, Pappbootregatta und so fort. Ein paar Worte sagen, die Organisatoren loben, zu Selfies mit diversen Mädchen lächeln.

Im Jahre 2013, da war es wirklich noch eine Wahl. Zwei von vier Kandidaten machten das Rennen. Damals war ein Kollege vor Ort, inzwischen in Rente. Er hatte seine Reportage anders angelegt: Viele Fotos, penibles who is who, alle Sponsoren und Ehrengäste mit Namen und Titelei, und vor allem: überschwängliche Interviews mit den beiden Jungs. Der eine, ein Abiturient, gab sich sehr selbstbewusst. Er überhöhte seine Rolle. Flüssig und beredsam präsentierte er sich als Mittler zwischen den Parteien und widerstreitenden Kräften im Stadtteil.

Der andere wirkte jünger, unreifer und schüchtern. Er sagte nur ein paar vorsichtige Standardsätze, bedankte sich brav beim Vorstand und bei den Mitgliedern, die ihm ihr Vertrauen geschenkt hatten. Offensichtlich wählte man ihn, weil er für den erfolgreichen

Vegesacker Sport stand: ein fleißiger Turner, Mitglied in einem Traditionsverein, zuverlässig, treu. Fürchterlich angepasst, dachte Ben, dem so ein Menschentyp eher fremd war.

Der Kollege von 2013 hatte die Reden zu der Wahl nur kurz zusammengefasst, aber Ben sah schon: Vier Jahre später wurde fast dasselbe gesagt. Maritime Tradition, Kernsubstanz des Ortsteils Vegesack, jung und aufstrebend wie der Ort – stimmt das eigentlich? Das, so dachte er, werde er abschreiben können. Wer schlägt schon die alten Artikel nach?

Eines würde heute neu sein, das hatte er vorher erfahren: Drei Repräsentanten, drei Vegesacker Jungen sollte es dieses Mal geben. Der Havengeburtstag! Die vielen Events forderten viel Präsenz, und da sollten sich die jungen Männer nicht verzetteln müssen. Wer weiß, vielleicht würde einer sogar zwischendurch das Handtuch werfen oder einfach wegziehen zu einem Studium oder zu einer Weltreise – da brauchte man eine gut besetzte Ersatzbank, um im Fußballjargon zu sprechen. Diese Metapher, überlegte Ben, würde er im Text unterbringen.

Ben Vogelsang klappte sein Arbeitsgerät zu und griff sich seinen wasserabweisenden Anorak. Nein, heute nicht das Rennrad. Unlustig stapfte er durch Matsch und Pfützen zum Bahnhof der S-Bahn im Ortsteil St. Magnus, um nach Vegesack reinzufahren.

*Im Jahr darauf, dem Jubiläumsjahr 2022*

Mit gerunzelter Stirn schaute Werner Blumberg in seine Wetter-App. Hält die Sonne durch? Für die nächste Nacht waren heftige Schauer angesagt. Gut, dachte er, dann bekommt die Figur gleich eine deftige Taufe. Jetzt aber, am späten Samstagvormittag, wird ihre bronzene Haut in der klaren Frühsommersonne glänzen und funkeln.

Mit den Feierlichkeiten zum Havengeburtstag war der Ortsamtsleiter bisher sehr zufrieden. Die Eröffnung mit dem Senatspräsidenten war gut besucht und kam bei den Bürgern an. Naja, diese Störaktion der *Sea Shepherds* war nicht vorgesehen, hatte aber immerhin Schlagzeilen gebracht. Das traditionelle Walfangschiff aus Island, die *Haukur*, lag im Museumshaven und schlug voll ein: eine Attraktion, die für zusätzliche Touristen sorgte.

Heute also die feierliche Enthüllung der Skulptur des Vegesacker Jungen am Kai, ganz in der Nähe der Hubbrücke. Blumberg war gespannt. Er hatte bisher nur die Entwürfe gesehen, nicht das fertige Kunstwerk.

Er stieg auf die kleine, gestern aufgebaute Rednerbühne und blickte sich um. Die wichtigen Leute waren da. Die Vereine, der Beirat, die Nordbremer Bürgerschaftsabgeordneten, die Pfarrer von zwei der Kirchen. Alle drei Vegesacker Jungen natürlich in ihren putzigen Matrosenanzügen.

Die mit dem Aufbau beauftragte Firma war auch vertreten. Ich muss sie gegenüber der Presse herausheben, prägte er sich ein, denn auch sie hatten einen günstigen Preis gemacht.

Aber wo ist der Bildhauer, dieser Hermann Brosig? Typisch Künstler, oder das Alter macht ihn tüdelig, jedenfalls kommt er offenbar zu spät oder hat es ganz vergessen. Dabei soll er doch selbst den Schleier um die Statue lüften!

Blumberg hasste es, irgendeinen Termin zu spät zu beginnen. Er schickte eine rührige Mitarbeiterin auf Telefontour, aber die richtete nichts aus. Nach einer

Viertelstunde blieb ihm nichts anderes übrig: Er läutete die Runde der Reden ein.

Alle sagten ungefähr dasselbe: die Tradition, die schönen Figuren, die schon am Haven stehen, die Großzügigkeit der Vereine und privaten Spender, und wie neugierig sie seien, die mannshohe Skulptur endlich im Original zu sehen.

Auf einen Wink von Blumberg intonierte der Seemannschor einen Shanty. Als sei es so inszeniert, holperte beim letzten Akkord ein weißes Taxi auf dem Kopfsteinpflaster durch die Lücke in der Hochwasserschutzwand, kurvte elegant um den Havenwald herum und stoppte nicht weit von der Rednerbühne.

Es entstieg ein salopp gekleideter, zerzaust wirkender bartstoppeliger Hermann Brosig, und ehe Blumberg oder ein anderer der Rednerriege ihm die Hand schütteln konnte, eilte er zur verhüllten Skulptur und riss an einer mit einem roten Fähnchen markierten Leine. Wie bei einer Striptease-Show rauschte der weiße Umhang herab, begleitet von vielstimmigen Aahs und Oohs des versammelten Publikums.

Der professionelle Fotograf der Norddeutschen, der ungeduldig gewartet hatte, schoss ein paar Fotos von der Szene und hastete fort zum nächsten Termin.

Überschwänglich klang das Geraune nicht. Was mochten die Leute denken? Etwas füllig, der Kerl, pausbackig, kein Hungerleider wie die Seemannsgestalt aus der Ortslegende, und was hat er da in der rechten Hand? Einen Fisch? Nur die eine, die linke Hosentasche kehrt er nach außen, die Pose ist weit weniger theatralisch als bei dem Wandbild. Die Pudelmütze sitzt hoch, die würde ihm auf See wegfliegen. Und das Fässchen, auf dem der rechte Fuß steht? Ein Witz, wenn man es mit den wuchtigen Kantjes vergleicht, in die man seinerzeit die Heringe eingesalzt hat.

Aber er macht was her! Viele Zuschauer wollten sich die festliche Stimmung nicht verderben und suchten nach positiven Gedanken. Selbstbewusst und unübersehbar bewacht der Junge die Haveneinfahrt! Jemand klatschte, andere fielen ein, und Brosig deutete eine Verbeugung in Richtung des Publikums an.

Blumberg hatte sich wieder gefasst, holte den Künstler auf die Rednerbühne und dankte ihm nun hochoffiziell für die Skulptur und für sein Entgegenkommen bei der Honorierung. Dadurch habe er ein so kräftiges maritimes Symbol an diesem geschichtsträchtigen Haven überhaupt erst möglich gemacht.

Jetzt gab es auch den enthusiastischen Applaus, der sich für ein solches Event gehörte.

Die geladenen Gäste begaben sich zum Buffet, das im Nautilushaus angerichtet war. Der Weg war frei für das Publikum. Der bronzene Seemannsjunge wurde ehrfürchtig gestreichelt oder kichernd betatscht und gelangte schon an seinem ersten Tag auf Hunderte von Selfies.

Ben Vogelsang hockte brummig an seinem Küchentisch. Der drohende Starkregen verwehrte es ihm wieder einmal, seinen geliebten Arbeitsplatz im Gartenhäuschen aufzusuchen.

Morgen rede ich mit der Vermieterin, nahm er sich vor. Ich werde die Butze abdichten, wenn sie das Material bezahlt. Dass er überhaupt hier wohnen blieb, obwohl seine Wohnung eng und höchst altmodisch war, hatte mit seinem Gartenhaus-Deal zu tun: Er hielt der guten alten Frau den Garten in Ordnung, und dafür konnte er in der heimeligen achteckigen Holzhütte schalten und walten.

Auf seinem Bildschirm breitete er die Fotos aus, die sein Kollege heute von der Zeremonie und von der Statue geschossen hatte. Er selbst hatte einige Szenen und Perspektiven auf dem Handy, technisch nicht gut genug für die Zeitung, aber hilfreich, um sich wieder in die Atmosphäre des kleinen Festaktes zu versetzen.

Warum gelang ihm das so schlecht? Eine unerklärliche Melancholie ergriff ihn. Eine Melancholie, die gleichzeitig rebellisch war. Shouting the blues, diese alte Wendung fiel ihm ein, wütende Trauer, das Herausschreien der Wehmut, wie bei Mahalia Jackson oder, noch tiefer in den schwarzen Urgründen des Jazz, bei Big Bill Broonzy.

Es muss mit dieser Skulptur zu tun haben, sinnierte er. Zu feist, zu satt, zu gesund, die Geste mit der leeren Hosentasche ist halbherzig, als würde sie dem Künstler eigentlich nicht in den Kram passen, als habe er sie nur ausgeführt, weil der Auftrag es so wollte. Aber eigentlich müsste dieser Fischer doch am Ende sein, versoffen und pleite, ausgemergelt von der mörderischen Arbeit auf dem Logger, und gleichzeitig unzufrieden mit seinem Lohn, auf Krawall gebürstet.

Ben hatte aus Anlass des Geburtstagsjahres ein Stück geschrieben für die Laientheatertruppe, aufzuführen auf dem alten Logger im Museumshaven, ein Stück, um die schwere Arbeit auf See zu würdigen, aber auch den Kampf um die paar Prozent Anteil am Fang, die den Familien der Seeleute das bisschen Glück finanzieren sollte, das oberhalb der bloßen Existenzsicherung lag.

Nichts davon spiegelte diese Bronzefigur. Kein Gefühl strahlte sie aus, keine Sehnsucht, nicht die große Einsamkeit der monatelangen Fangfahrten, nicht die Aussichtslosigkeit, es jemals besser zu haben, und nicht den Zorn auf die Schiffseigner, die immer den größten Teil des Kuchens für sich selbst nahmen …

Ben wusste genau, dass ihm die Flasche Rotwein, die er jetzt öffnete, in dieser Stimmung gefährlich war. Er entkorkte sie trotzdem. Doch nach einem halben Glas spürte er, wie sein Leib weicher wurde und die Trauer dem Ärger die Spitze nahm.

Bilder und Themen seiner eigenen, höchstpersönlichen Melancholie stiegen aus seinem Herzen. Die Einsamkeit seines Lebens, die Sehnsucht nach einer Frau, das Bild von Chenlu, der unerreichbar jungen, auf ihren Lebenserfolg zustrebenden chinesisch-malaiischen Schönheit aus Singapur, die er kennen – ja, und lieben gelernt hatte, als sie beide den Kommissaren halfen, den Mordfall auf dem Schulschiff zu lösen, und dabei gemeinsam in Gefahr gerieten. Wie sehr hoffte er sie wiederzusehen.

Aber sie war nicht zurück nach Bremen gekommen. Anderes war offenbar wichtiger, als ihr Studium an der Constructor University hier in Vegesack abzuschließen. Jede Mail, die sie schrieb, klang lieb und zugewandt, aber letztlich … Wie hatte es sein Freund, der pensionierte Polizist und Shantysänger Johnnie Klein ausgedrückt? Sie schwebte sieben Himmel weit über ihm.

Er schob Flasche und Glas ein Stück von sich weg und begann, den Artikel über den Festakt in seinen Laptop zu tippen. Natürlich durfte er die Skulptur nicht verreißen, das mochten die Geldgeber und örtlichen Politiker nicht, das mochte sein Chef in der Redaktion nicht, und so etwas lasen auch die heimatliebenden Leser nicht gern.

Aber die Kritik ein bisschen durchscheinen lassen, so dass es nicht jeder merkt, aber sehr wohl diejenigen, die ebenfalls eine unbestimmbare Distanz zu der Figur verspüren und ihr Unbehagen zwischen seinen Zeilen wiederfinden sollen: So wollte er schreiben, und es juckte ihn in den Fingern.

Der junge Mann saß in seiner kleinen Dachwohnung an seinem kleinen Tisch, einem quadratischen Holztisch, und hatte die Norddeutsche aufgeschlagen. Er las den Artikel über die Enthüllung der Skulptur ‚Vegesacker Junge‘ im Havengelände.

Ben Vogelsang, so hieß der Autor. Er wusste nicht warum, aber eine schmerzhafte und doch anziehende Melancholie ergriff ihn. Er mochte die abgebildete Statue nicht und suchte nach dem Grund, aber der blieb verwaschen im Nebel.

Das kannte er von sich. Die Melancholie war seine Heimat, seine Landschaft, die er oft durchwanderte. Sie war ihm vertraut, und doch verstand er sie nicht. Niemandem hätte er seine untergründige Trauer erklären können.

Ein weiteres Foto irritierte ihn, ein Gruppenbild. Da war der Ortsamtsleiter, den kannte er aus der Zeitung. Die Übrigen nicht. Oder doch, hier, den einen? Aber woher? Er hätte gern eine Vergrößerung dieses Gesichts gehabt. So war es kaum zu erkennen. Aber irgendwas war daran. Er spürte seinen Brustkorb, ein dumpfes Gewicht legte sich darauf. Etwas Bitteres spülte sich auf seinen Gaumen …

Percy! Der junge Mann riss sich von der Zeitung los und hob seinen hellgrauen Chihuahua, der auf seinen Füßen lag und sich plötzlich bewegte, vor sich auf den Tisch. Percy richtete sein Augenpaar und vor allem seine großen Lauscher auf ihn, neugierig, was nun kommen sollte …

# Zweites Kapitel

## *Das Kunstwerk irritiert*

Luise musste ihre gewohnte Tour nur wenig umstellen. Sie führte ihre Gruppe, dieses Mal vier komplette Familien aus dem Bremer Umland, die mit dem Rad aufgekreuzt waren, vom Ausgang der Hubbrücke nicht, wie früher, nach links Richtung Utkiek, sondern schwenkte wenige Meter nach rechts, direkt vor die neue Skulptur.

„Das ist eine ganz neue Attraktion im Vegesacker Museumshaven!" Sie stellte sich neben die Bronzefigur und legte ihre Hand auf deren Schulter. Der Dargestellte konnte sich diesem zudringlichen Griff ja nicht entziehen. „Der Vegesacker Junge!", verkündete sie mit einem Anflug von Stolz.

Fragende Blicke, wie erwartet. Jetzt konnte sie loslegen: die hundertjährige Geschichte der Idee, die Bedeutung des Namens Vegesack, die lebendigen Symbolträger mit ihrem Matrosenlook, die Skulptur als aktuelles Geburtstagsgeschenk einiger Vegesacker Vereine und spendabler Bürger.

Schon wieder drei ach so superlustige Teeniegirls! Ein stimmbrüchiger Jüngling mit Flaumbart lästerte von hinten und feuerte die Kichererbsen an, die, sich umarmend, ein Dreieck bildeten. Eins der Mädchen nahm als erste ihre Arme herunter, schüttelte ihre blonde Mähne und stoppte abrupt ihre Gackerei. Sie trat erhobenen Hauptes zur Statue und beugte sich vor.

„Warum der Fisch?" Sie zeigte nicht nur auf das Schuppentier in der Hand des Bronzejungen, sie legte ihre Hand darauf und streichelte dieses auffällige Detail. Prompt prustete die Clique los: „Hihihi! Huaah! Sie hat ihn gestreichelt! Huhuhu!"

Luise musste schlucken. Diese Frage nach dem Fisch hatte sie befürchtet, denn im Grunde wusste sie die Antwort nicht. Der Ortsamtsleiter hatte die Schultern gezuckt, der Oberheini der Museumsschiffer hatte dumm geantwortet: „Warum soll er nich'n Fisch in der Hand halten?", und den Künstler persönlich anzurufen hatte sie sich nicht getraut.

Deshalb erfand sie ihre eigene Theorie: „Der Vegesacker Junge stellt, wie gesagt, einen Fischer dar. Und das soll der Fisch andeuten: Das ist ein Schiffsjunge oder ein junger Matrose auf einem Heringslogger. Und die gab es hier in Vegesack früher in großer Zahl!"

Womit sie wieder im Fahrwasser ihrer Tour war und ein Kapitel aus der jüngeren Historie des Ortes abspulen konnte. Drüben bei der Walfluke käme dann das andere Kapitel dran, der Walfang im 18. und 19. Jahrhundert.

Aber die Gruppe hörte kaum mehr zu. Der Stimmbrüchige schnappte sich die Hand der langen Blonden und hob sie an seine Nase. „Riecht fischig!" rief er und trat damit eine neue Lachsalve los.

Mütter steckten ihre Köpfe in die jugendliche Clique, ließen sich aufklären, worum es ging, schlugen ihrem Nachwuchs lachend auf die Schultern und wandten sich kopfschüttelnd an ihre Männer, die vielsagend feixten und ihre Frauen in den Arm nahmen.

„Ich rieche dann auch nach Fisch!", rief einer, und die Männer wieherten, mit Ausnahme eines vornehm wirkenden Anzugträgers, der aber auch ein Schmunzeln nicht unterdrücken konnte.

Luise brach die Szene ab und lotste die Gruppe zum Restaurant Grauer Esel, um ihre Geschichte vom Hochwasser hinter den Fenstern zu erzählen. Auch das fand diese Gruppe irgendwie lustig: Bei den

Fischen hinter den Scheiben prusteten sie schon wieder los. Irgendwann am Utkiek kriegten sich alle allmählich ein, aber Luise hütete sich, noch einmal das Wort ‚Fisch' auszusprechen.

Bei der nächsten Gruppe, die sie führte, tat sich nichts angesichts der Skulptur, aber eine Woche später gab es zwar kein Gelächter, aber ähnliche Kommentare: „Komischer Fisch. Was soll der da?" oder „Mit der Figur stimmt was nicht. Ich kann nicht sagen was, aber irgendwie ist sie unpassend." Einige schüttelten nur den Kopf.

Luise nahm sich vor, dem Ortsamtsleiter, den sie schon ewig kannte, von diesen Vorfällen zu erzählen.

Sichtlich erregt stand Boris Hartmann auf und schwenkte die Ausgabe der Norddeutschen mit dem Artikel über die Enthüllung der neuen Skulptur. „Das können wir nicht einfach so auf sich beruhen lassen!", rief er in die Versammlung.

Auf der Leinwand prangte ein Foto des Vegesacker Bronzejungen, von Boris selbst aufgenommen und jetzt über den Beamer monströs vergrößert.

„Das ist obszön!", ließ sich seine Frau Anna vernehmen und erntete mehrere zustimmende Rufe.

„Wieso obszön?", fragte, etwas kleinlaut, ein blonder, brav gescheitelter Jugendlicher aus dem Hintergrund.

„Muss man das wirklich erklären?", fragte Boris irritiert zurück.

Aber seine Frau kannte da keine Hemmungen: „Das sieht aus, als wenn der Junge masturbiert!" Und als der Junge große Augen machte und anscheinend immer noch nicht begriff: „Onaniert! Als ob er an seinem Glied reibt!"

„Aber das ist doch nur ein Fisch, den hält er mit der Hand!"

„Junge", sprach Anna fast mitleidig, „das ist nur das, was du siehst. Das Andere ist aber gemeint. Das kriegt jeder sofort mit, der genau hinschaut."

Der Junge schluckte. Ein älterer Mann rief: „Und das, was gemeint ist, verbietet die Heilige Schrift! Und zwar im Kapitel 38 im 1. Buch Moses. Da wird Onan für dieses Vergehen von Gott bestraft!"

„Richtig!", sekundierte Anna, „und deshalb müssen wir mit der Sache an die Öffentlichkeit gehen!"

Niemand aus der Runde wagte zu widersprechen.

„Nu mal halblang!" Endlich ergriff Friedrich Magielski, der frisch wiedergewählte Vorsteher der Pfingstlergemeinde, das Wort und erhob sich. „Macht bitte aus einer Mücke keinen Elefanten! Ihr wisst, dass die Kirchen heutzutage keine gute Presse haben. Da sollten wir uns in der öffentlichen Diskussion bei solchen Dingen ein bisschen zurückhalten!"

„Die Bibel sagt uns etwas Anderes", meinte eine ältere Frau. Sie wurde nicht laut, aber alle Versammelten, etwa zwanzig an der Zahl, wandten sich ihr zu. Offensichtlich galt ihr Wort etwas. „Bei Jakobus im 4. Kapitel werden wir aufgerufen, dem Teufel Widerstand zu leisten, dann wird er vor uns fliehen."

Einen Moment herrschte Schweigen. Dann meldete sich eine junge Frau zu Wort, die ihr Baby im Arm hatte: „Hertha, was meinst du mit ‚Widerstand'? Willst du die Figur zerstören? Wie willst du das machen?"

„Warum nicht?", fuhr Boris dazwischen, der sich inzwischen wieder gesetzt hatte. „Das wäre ein klares Signal, dass so etwas nicht in den öffentlichen Raum gehört!" Seine Frau legte ihre Hand auf seinen Arm und lächelte ihn an.

Hertha, die den Jakobusbrief zitiert hatte, wiegelte ab. „Widerstand ja. Aber nicht hitzköpfig. Wir sollten uns vernehmbar zu Wort melden. Durch einen Leserbrief zum Beispiel." Sie verwies auf die Zeitung, die Boris immer noch in der Hand hielt.

Magielski erkannte, dass seine Position eindeutig in der Minderheit war. Deshalb, und um schlimmere Beschlüsse zu verhindern, schwenkte er auf Herthas Vorschlag ein und bat sie, einen Entwurf zu machen. „Boris und ich werden den Entwurf prüfen, und wir einigen uns zu dritt auf eine endgültige Form. Die schicken wir ab und geben sie gleichzeitig als Bürgerantrag an den Stadtteilbeirat. Dann müssen die sich damit befassen. Einverstanden?"

Er blickte in die Runde und sah nur zustimmendes Kopfnicken. „Gut, dann machen wir das so."

Hamza Bilgin hatte die weiße Kopfbedeckung, die er als Imam eigentlich zu tragen hatte, heute im Schrank gelassen. Alles an ihm war grau: Wollhose, Pullover, das Jackett darüber, sogar seine stoppeligen Haare auf dem Kopf und im Gesicht. Derart unauffällig konnte er sich unter die spärliche Schar der Touristen mischen, die rund um den Museumshaven schlenderten und an der Skulptur des Vegesacker Jungen haltmachten, um sich mithilfe ihrer Handys über Sinn und Zweck dieser Figur zu informieren.

Zwei, drei Blicke reichten ihm, um sich davon zu überzeugen, dass ihn sein treuer Schüler Mustafa richtig informiert hatte. Mehr als drei Blicke, und er hätte sich schon auf den Pfad der Sünde begeben, hätte die Grenze zwischen verantwortungsvoller Vernunft und geheimer Lust überschritten. Das, was er dort gesehen hatte, war eindeutig *haram*, verboten. Lächerlich, das durch einen Fisch verschleiern zu wollen! Wie sagte doch der Gesandte Allahs (Friede und Segen seien auf ihm): ‚Lasst auf einen beiläufigen Blick auf verbotene Dinge keinen weiteren Blick folgen!'

Wieder zu Hause in seiner kleinen Wohnung nahe bei der Moschee angelangt, rief er die kleine Gruppe der jungen Männer an, die zu seinem engsten Gesprächskreis gehörten, und bestellte sie zu sich.

Dann setzte er sich an seinen Schreibtisch und begann, die nächste Freitagspredigt vorzubereiten. Er nahm sich vor, diese schreckliche Figur mit ihrer unmännlichen Geste und überhaupt die allzu lockere, ja gottesfeindliche Einstellung in der westlichen Welt zu Masturbation und Homosexualität zum Gegenstand seiner Ausführungen zu machen. Eindringlich wollte er daran erinnern: Sexuelle Handlungen außerhalb der vom Koran ans Herz gelegten Ehe sind sündhaft!

Der Koran selbst gab keine eindeutigen Stellen zur Masturbation her, aber der Hadith, also das Buch über die zahlreichen Sprüche des Propheten und seiner unmittelbaren Gefolgsleute, erwies sich als Fundgrube. Abdullah Ibn Masud erzählt zum Beispiel, wie der Prophet Allahs allen Muslimen, die es finanziell ermöglichen können, die Heirat empfiehlt. Dann werde man ‚den Blick senken', wie es heißt, und die Scham bewahren. Alle anderen sollten fasten, denn das vermindere die sexuelle Kraft.

Mitten in seiner Suche klingelte es. Mustafa erschien mit drei seiner Freunde und erkundigte sich, warum er sie zu sich gerufen hatte.

Der Imam berichtete, was er gesehen hatte, und dankte Mustafa für seinen Hinweis. Er deutete an, was er am Freitag zu predigen gedenke.

„Ich glaube", meinte er, „ich habe das Thema bisher zu sehr vernachlässigt. Umso mehr will ich mich ab jetzt um die klare Lehre des Islam zur Selbstbefriedigung und zu anderen sexuellen Verfehlungen kümmern."

Mustafa nickte eifrig, und zwei der Freunde pflichteten ihm bei.

„Was ist mit dir, Mahmud? Bist du nicht einverstanden?"

„Doch", meinte der Angesprochene, „im Prinzip ist das ja richtig. Aber vielleicht ist diese Meinung überholt, ich meine die zur Selbstbefriedigung?"

„Ach, hast du wieder etwas Schlaues gelesen?"

„Es gibt Mediziner, sogar arabische und türkische, die sagen, dass Selbstbefriedigung auch was Gutes sein kann für den Körper. Hormonell und so, und sogar die Potenz kann gesteigert werden! Hab ich im Internet gelesen."

Ärgerlich schnaufte der Imam. „Ihr und das Internet! Ihr könnt doch nicht einfach alles glauben, was ihr da findet!"

„Und Allah der Barmherzige", warf Mustafa ein, „und sein Prophet (Segen über ihn!) sind größer und weiser als alle Social Media zusammen!"

„Mahmud, höre zu." Der Imam wandte sich ernst, aber auch fürsorglich an seinen renitenten Schüler: „Selbst wenn die Medizin da etwas herausgefunden hat, was nicht mehr ganz übereinstimmt mit dem, was die islamischen Ärzte früher gesagt haben: Was die Medizin sagt, ist nur ein Argument unter vielen. Die islamischen Gelehrten weisen alle darauf hin, dass Masturbation und andere sexuelle Praktiken außerhalb der Ehe den Geist vom Wesentlichen ablenken, und das ist das Gebet, das ist das Fasten und das ist die Hinwendung zu Allah. All dies wird verdrängt von teuflischen Bildern und Gedanken."

„Hörst du's, Mahmud?" Mustafa blickte in die Runde: „Wir müssen beherzigen, was der Imam sagt. Diese Figur ist vom Scheitan gemacht, um uns von Allah abzulenken! Sie ist schädlich für die wahre Religion, sie ist *haram*, und deshalb sollten wir etwas dagegen unternehmen!"

Was denn?, war aus den fragenden Gesichtern der drei anderen Jugendlichen herauszulesen.

Mustafa lächelte in sich hinein, als hätte er eine Idee. Oder, so argwöhnte Mahmud, wollte er sich nur beim Imam einschmeicheln, dieser Streber und Lieblingsschüler?

Die monatliche Sitzung des Vegesacker Ortsbeirats hatte mit den üblichen Regularien begonnen: Begrüßung, Verabschiedung des letzten Protokolls, Billigung der Tagesordnung.

Der erste inhaltliche Tagesordnungspunkt, die Erläuterung der Bauvorhaben im Bereich der Kindertagesstätten, riss niemanden vom Hocker. „Warum behandeln wir das hier und nicht im Bauausschuss?", fragte süffisant ein Vertreter der CDU und lieferte die Antwort gleich mit: „Weil die SPD unbedingt ein gutes Licht auf ihre zuständige Senatorin werfen wollte. Nützt aber nichts! Grau bleibt grau, unscheinbar, ohne Strahlkraft!"

Abgesehen von solchen allgemeinpolitischen Attacken verlief die Diskussion recht lahm. Ben Vogelsang, heute von der Norddeutschen in die Sitzung entsandt, schlief fast ein, und die Journalistin vom Anzeigenblatt hastete erst gegen Ende des Tagesordnungspunktes in den Saal. Das Publikum unterhielt sich murmelnd über andere Dinge.

Schlagartig wurde es jedoch ruhig, als der Ortsamtsleiter den nächsten Punkt aufrief. Einmal schon hatte er ihn verschoben, weil er ihn eigentlich für albern hielt, aber ein bissiger Kommentar in der Norddeutschen hatte ihm Feigheit vorgeworfen. Er kam nicht mehr drum herum.

„Die neue Skulptur des Vegesacker Jungen", so leitete Werner Blumberg ein, „die wir erst vor wenigen Monaten feierlich enthüllt haben, sorgt offenbar für Irritationen."

„Allerdings!", rief jemand aus dem Publikum. Blumberg erkannte ihn sofort, schließlich hatte er sich im Vorfeld eine geschlagene Stunde lang seine umständliche bibelfeste Argumentation anhören müssen. Den muss ich sofort stoppen, dachte er, sonst schmeißt er hier den Abend.

„Herr Hartmann, bitte halten Sie sich zurück. Zunächst hören wir die geladenen Gäste an, dann verhandeln nur die Mitglieder des Beirats das Thema, und danach kann sich das Publikum beteiligen. Vielen Dank für Ihr Verständnis."

Boris Hartmann fiel keine Replik ein. Die Mitglieder seiner Pfingstgemeinde, die sich über die ganze erste Reihe im Zuschauerraum verteilt hatten, brummten unmutig. Anna Hartmann schaute sich um. Der Raum war proppenvoll! Schließlich hatten die Pfingstler in ihrem vorweg veröffentlichten Brief kein Blatt vor den Mund genommen. Das machte neugierig.

Einige reckten die Hälse, um zu sehen, wer da soeben den Zwischenruf gemacht hat. Oder wollten sie den Bildhauer erspähen? Aber da war niemand, der dem kleinen Foto, das die Zeitung dem Artikel beigefügt hatte, ähnlich sah.

„Warum haben wir das Thema heute eigentlich auf der Tagesordnung?" Mit dieser rhetorischen Frage leitete der Ortsamtsleiter in das Thema ein. Schließlich, so führte er aus, würden Bürgeranträge zwar zu Beginn einer Sitzung vorgetragen, und dann entscheide normalerweise der Sprecherausschuss, wann und wo der Antrag zu beraten sei.

„In diesem Fall", lieferte er selbst die Antwort, „hat die CDU sich den Antrag der Pfingstgemeinde zu eigen gemacht und damit auf die Tagesordnung gesetzt. Deshalb hat Ihre Fraktion", er wandte sich nach rechts an die Gruppe der Christdemokraten, „als erste das Wort zur Begründung."

Felix Simoneit, der Fraktionschef der CDU, von dem viele wussten, dass man ihn nicht unbedingt in einer der christlichen Kirchen im Stadtteil vorfinden würde, äußerte sich etwas gewunden. Nein, man identifiziere sich nicht voll mit diesem Antrag. Man habe mehrere Pfarrer und Pfarrerinnen der beiden großen Konfessionen konsultiert. Die Meinungen, wie Masturbation theologisch zu beurteilen sei, gehen offenbar auseinander. „Ganz klar eine Sünde, wenn auch keine schwere" war einerseits zu hören, andererseits wurde abgestritten, dass die Bibel dazu überhaupt etwas sagt. „Was geht mich das an, was die Jugendlichen da machen!", das sei die extremste Antwort gewesen.

‚Gelächter bei den Zuhörern im Raum', vermerkte die Protokollführerin.

„Aber", so Simoneit weiter, „das ist hier ja eigentlich gar nicht die Frage. Es geht um die Bronzefigur des Vegesacker Jungen da im Museumshaven. Ist das eine obszöne Geste, wie er da mit der rechten Hand den Fisch hält, so auf Höhe seiner Lenden, als hätte er etwas anderes in der Hand?"

Wieder Gelächter. „Nun sag schon!", rief ein Zuschauer, „Was denn, was denn?"

„Ruhe bitte!", konterte Blumberg, „Ich lasse solche Zwischenrufe nicht zu." Er bat den Fraktionssprecher, weiterzureden.

„Einen Penis, das meint er doch!", tönte es in diesem Moment von der Eingangstür her. Hermann Brosig stand dort, im schwarzen Outfit vom Scheitel bis zur Sohle, aber mit hochrotem Kopf. War es die Treppe hinauf zum ersten Stock, oder die Erregung?

„Es ist unglaublich, was mir hier nachsagt wird! Ich hätte heimlich und hintenrum ein sexuelles Motiv in den öffentlichen Raum gestellt! Ich verfüge über fünfzig Jahre künstlerischer Erfahrung, aber so etwas hat noch niemand gewagt. Dieser Vorwurf entspringt der schmutzigen Phantasie einer Handvoll religiöser Fanatiker!"

Die halbe Riege der Pfingstler sprang auf. „Unverschämt!" „Gemeine Unterstellung!" „Mäßigen Sie sich!" schwirrte es durch den Raum.

Blumberg drehte sein Mikrofon auf volle Lautstärke. „Bitte Ruuuheee! Setzen Sie sich!", schleuderte er den Zuhörern entgegen. „Und bitte, Herr Brosig, kommen Sie nach vorne. Vielen Dank, dass Sie hier sind. Wir haben Sie als Experten für Ihr Kunstwerk geladen, und Sie werden gleich das Wort haben, um etwas zu dem vorliegenden Antrag zu sagen. Jetzt bitte ich Herrn Simoneit, in Ruhe seine Ausführungen zu Ende zu bringen."

Der Christdemokrat hatte durch den Zwischenfall den Faden verloren und brauchte einen Moment, um sich zu sammeln. „Ach ja", ließ er sich endlich vernehmen,

„Mich haben neulich in der Fußgängerzone einige Leute angesprochen und wollten wissen, warum die Figur nicht genauso aussieht wie die beiden anderen, die wir haben, also das Wandgemälde und das Relief an der Signalstation. Also warum sie nicht mit beiden Händen diese Geste zeigt: Tasche leer! Warum stattdessen dieser Fisch?"

„Das haben die Sozis veranlasst", frotzelte eine Fraktionskollegin, „zwei leere Taschen, das hätte zu sehr an den Landeshaushalt erinnert."

Wieder ein Lacherfolg. „Der Fisch ist das Symbol für die Opposition", konterte der Schlagfertigste von der SPD, „glitschig, nicht zu fassen!"

„Meine Damen und Herren", intervenierte der Sitzungsleiter, „bitte bleiben Sie beim Thema. Frau Özgün hat sich gemeldet. Bitte gestatten Sie, Herr Brosig, dass ich sie noch vor Ihnen drannehme." Der Bildhauer nickte.

„Ich bin Muslimin", sprach die sonst eher zurückhaltende Frau von der CDU, „und man hat an mich herangetragen, dass es auch in islamischen Gemeinden Verärgerung gibt über die Figur. Manchen geht das zu weit, so in der Öffentlichkeit. Also, ich bin eigentlich nicht prüde", sie lächelte unsicher, „aber ich weiß nicht …"

„Da haben wir es", fuhr Hermann Brosig dazwischen, ohne abzuwarten, dass er das Wort bekam, „Die Muslime fangen an, die Kunst zu zensieren. Das ist in Deutschland seit der Nazizeit Gottseidank vorbei! Ich lasse mir doch nicht von irgendeinem Imam, der aus Ankara oder sonst woher eingeflogen wird, vorschreiben, wie ich meine Skulpturen zu machen habe!"

Dieses Mal gab es keine Zwischenrufe. Fast atemlos wartete das Publikum, wie es jetzt weitergeht. Auch Blumberg brauchte einen Moment, um sich zu fassen.

„Herr Brosig", begann er und räusperte sich, „das will doch keiner. Niemand wird hier die Kunst und speziell Ihre Arbeit zensieren. Es geht nur darum: Eine Gruppe von Bürgern hat in einem Antrag kritisiert, dass die Hand mit dem Fisch wie eine sexuelle Geste aussieht. Wir als Beirat müssen uns damit befassen und damit umgehen. Seien Sie sicher, dass wir keine vorgefasste Meinung haben. Also: Warum haben Sie diesen Teil der Figur so gestaltet?"

Brosig hatte sich inzwischen beruhigt und erläuterte seine Konzeption. Er habe, als man die Aufgabe an ihn herangetragen hatte, zunächst gezögert. Dreimal dasselbe Motiv in einem Stadtteil, das sei problematisch. Er habe dann zugesagt, aber bewusst die Thematik leicht verändert.

„Der Fisch und das Fass, auf dem der eine Fuß steht, erinnert an die Heringsfischerei in Vegesack. Sie wissen selbst, wie erfolgreich die war in der Mitte des letzten Jahrhunderts, und wie der Stadtteil davon profitierte. Die Vegesacker Matrosen haben diesen Wohlstand mit geschaffen! Deshalb der Fisch, und deshalb sieht meine Figur auch gesund und kräftig aus."

Im Übrigen, und jetzt wurde sein Ton wieder angriffslustiger, habe er allen beteiligten Vereinen, Gremien und – hier klang er fast ein bisschen ironisch – bedeutenden Leuten in Vegesack rechtzeitig und offen seine Entwürfe vorgelegt. Einer wurde abgesegnet, und den habe er ausgeführt. Basta!

Als sich niemand mehr aus dem Beirat zu Wort meldete, öffnete Blumberg die Diskussion ins Publikum. Friedrich Magielski meldete sich.

Er bedankte sich bei allen Beteiligten, ausdrücklich auch beim Künstler. Anna Hartmann rutschte auf dem Stuhl hin und her. Man merkte deutlich, dass ihr der Tonfall ihres Gemeindesprechers zu besänftigend war.

„Ich glaube Ihnen, Herr Brosig", betonte Magielski, „was Sie mit der Figur bezweckt haben. Sie ist auch kunstvoll ausgeführt, ohne Frage. Aber entscheidend ist, dass Menschen daran Anstoß nehmen. Deshalb machen wir in unserem Antrag den Vorschlag, der Skulptur einen anderen Ort zu geben. Nicht so sehr in der Öffentlichkeit. Ich würde mich freuen, wenn der Beirat diesem Antrag folgen könnte. Vielen Dank."

„Wohin soll denn bitte die Figur?", fragte die Fraktionssprecherin der SPD.

„Hier ins Ortsamt!", tönte es von hinten. Großes Gelächter. „In die Tiefgarage unter dem Sedanplatz!", rief jemand anders. Verteiltes Lachen – nicht alle wussten, dass dieser versteckte Ort ein beliebter Schwulentreffpunkt war.

„Ausgeschlossen!" Brosigs Augen funkelten. „Ich lasse meine Kunstwerke doch nicht irgendwo verschwinden! Alle sollen sie sehen!"

Der Ortsamtsleiter fürchtete eine Eskalation. Als er sah, dass sich in diesem Moment niemand aus dem Publikum zu Wort meldete, stoppte er die offene Debatte. Er wollte gerade den Antrag akkurat formulieren und zur Abstimmung stellen, als sich ein Beiratsmitglied von den Grünen zu Wort meldete.

„Herr Dr. Mönnich, bitte!"

Der Angesprochene stellte einen Gegenantrag. Er als Arzt nehme es durchaus ernst, wenn öffentliche Darstellungen Anstoß erregen, aber das müsse fachlich, ja wissenschaftlich durchleuchtet werden.

„Deshalb beantrage ich, dass der Beirat einen Psychiater, der auch in der Sexualwissenschaft kundig ist,
um eine gutachterliche Stellungnahme bittet." Er
selbst kenne da jemanden und könne behilflich sein,
dass er uns diesen Gefallen tut.

Blumberg bedankte sich und stellte zuerst den Antrag
der Pfingstgemeinde zur Abstimmung. Er fiel komplett
durch, lediglich einige aus der CDU-Fraktion enthiel-
ten sich. Der AfD-Vertreter war, wie so oft, nicht da.

Der Antrag Dr. Mönnich wurde dagegen einstimmig
angenommen.

Kaum jemandem war aufgefallen, dass noch vor diesen Abstimmungen ein junger Mann, der in der letzten
Reihe auf dem Eckstuhl saß, die Beiratssitzung verließ. Er ärgerte sich, dass er überhaupt hingegangen
war. Seit Jahren mied er solche Versammlungen. Alle,
so fürchtete er, könnten ihm ansehen, wie schlecht es
ihm ging.

Auch heute war er auf seinem Stuhl in sich zusam-
mengesunken. Jedes Mal, wenn von dieser Hand, die
den Fisch hielt, die Rede war, stieg das zugehörige
Bild in ihm hoch, bis er es gar nicht mehr wegblenden,
nicht unterdrücken konnte, selbst wenn er den Kopf
mit beiden Händen zusammenpresste. In die Wut auf
sich selbst, dass er so reagierte, mischte sich eine
körperlich spürbare Übelkeit, hervorgerufen durch bestimmte Redebeiträge in der Beiratssitzung.

Bittere Säfte stiegen aus seinem Magen hoch und ätz-
ten den Gaumen.

Er wusste: Jetzt würde er wieder ziellos durch die
Straßen radeln, möglichst dorthin, wo es einsam war,
und erst später, manchmal nach Stunden, würde er in
der Lage sein, sich seinem Wohnblock zu nähern,

scheu die Grüße der Nachbarn, wenn sie ihm über den Weg liefen, zu erwidern und sich in seine Dachwohnung zu retten.

Percy, sein kleiner Hund, würde ihm helfen, in eine sanfte, traurige Ruhe zurückzufinden.

**Drittes Kapitel**

*Was ist Wirklichkeit?*

Noch am Abend machte sich Ben Vogelsang daran, seinen Artikel über die Beiratssitzung zu schreiben. Man hatte ihm zugesagt, dass er übermorgen die erste Seite bekäme, falls bis dahin nichts dramatisch Aktuelles passierte. Und auch einen kleinen, subjektiv gefärbten Kommentar in der rechten Spalte durfte er sich ausdenken.

Der Journalist hatte Schwierigkeiten, sich zu konzentrieren. Das lag nicht an der späten Stunde – solche Nachtsitzungen war er gewöhnt. Nein, er war hormonell etwas aufgedreht. Das wiederum lag dieses Mal nicht an Chenlu. Seine Sehnsuchtsfrau war ein wenig in den Hintergrund geraten. Symbolisch hatte er das kleine Foto, dereinst ihr abgeluchst, vom Schreibtisch oben auf den Schrank befördert.

Jedes Mal, wenn er an das corpus delicti dachte, also die Hand mit dem Fisch – und das war bei diesem Artikel nun einmal nicht zu vermeiden –, assoziierte sich wie von selbst das Bild, das Lächeln und der Duft von Björk hinzu.

Diese kräftige blonde Frau, diese Isländerin, Kapitänin des Schoners *Haukur*, jenes Nachbaus eines Walfangbootes aus dem 19. Jahrhundert, das im Sommer zu Ehren des Havengeburtstages in Vegesack zu Gast war, hatte ihn eingeladen, auf der Rückreise der *Haukur* an Bord zu sein.

Schon vorher, als sie der Polizei halfen, den Beinahe-Tod eines jungen, walfangbegeisterten Mädchens aufzuklären, hatte er sich verliebt. Aber dann, während dieser Rückreise, hatten sie auf hoher See eine wilde Nacht in ihrer Kapitänskajüte verbracht, sich in der

Hängematte und auf dem schwankenden Boden stundenlang geliebt.

Leider konnte er danach nicht länger auf Island bleiben. Jetzt aber hatte sie per WhatsApp angekündigt, sie werde ihn möglicherweise bald, wenn die Walbeobachtungssaison da oben in Húsavík abklingt, für zwei Wochen besuchen.

Möglicherweise! Seine Gedanken fuhren Achterbahn.

Er zwang sich zu einer Technik, mit der er früher oft Erfolg hatte: eine Viertelstunde schreiben, dann fünf Minuten – nicht länger – an Björk denken, zum Beispiel überlegen, was er mit ihr unternehmen will, dann erneut fünfzehn Minuten schreiben, zur Belohnung wieder Björk, und so fort.

Nüchtern und objektiv schilderte er die Argumente der Pfingstler und des Imams, dafür recherchierte er im Internet die einschlägigen Stellen aus der Bibel und dem Koran. Die Verteidigung des Bildhauers zitierte er ausführlich. Abschließend analysierte er das Abstimmungsverhalten der Fraktionen. Den erfolgreichen Antrag, einen Gutachter einzuschalten, referierte er wörtlich.

Nach dieser Pflicht ließ er bei der Kür, also dem Kommentar, seiner journalistischen Lust freien Lauf. Brachen sich da die Bilder von der Schiffsreise unterschwellig Bahn? Er legte sich nicht eindeutig fest, aber zwischen den Zeilen verführte er die Leser zur sexuellen Sicht der ominösen Geste. Aus der Reihe von Fotos, die der Kollege geschossen hatte, suchte er – bewusst oder unbewusst – das verfänglichste heraus und illustrierte damit den Artikel.

Dem Künstler gestand er zu: Natürlich dürfe der sich nicht öffentlich zu dieser vertrackten Interpretation bekennen. Aber er konnte sich die Frage nicht

verkneifen: War Hermann Brosig wirklich so ganz un-
schuldig? Schließlich, so schloss er, sei jedes wirkliche
Kunstwerk vielschichtig und rege die Phantasie an.

Ben Vogelsang kippte seinen Schaukelstuhl zurück, in
dem er sitzend die letzten Zeilen getippt hatte, und
schloss die Augen. Morgen früh werde er, wie immer,
dem Artikel und dem Kommentar den letzten Schliff
geben. Und versunken in Björks Blick aus ihren blauen
Augen, sacht hervorgezaubert aus den Tiefen seines
Gehirns, schlief er ein.

Der Psychiater und Sexualwissenschaftler Dr. Rüdiger
Böhme hatte nicht nur rasch zugesagt, er hatte auch
rasch geliefert. Genauer gesagt: Er hatte eine grobe
Skizze seines Gutachtens geschickt und ausdrücklich
gebeten, es den Beiratsmitgliedern nicht vor der geplanten Sitzung zur Verfügung zu stellen, und schon
gar nicht der Presse. Sein mündlicher Vortrag und die
Auseinandersetzung darüber, das sei das Entschei-
dende.

So waren denn alle, Politiker, Presse, Publikum, in ge-
spannter Erwartung zur Sondersitzung des Beirats gekommen, um der höchstwissenschaftlichen Erläuterung zu lauschen, was denn nun nicht des Pudels,
aber doch des Fisches Kern sei.

Hermann Brosig hatte sich zuerst geweigert, an der
Sitzung teilzunehmen. „Wie schon gesagt", schrieb er,
„meine künstlerische Aussage steht für sich selbst.
Ich lasse mir weder von Imamen noch von christlichen
Sekten daran herumkritteln, und schon gar nicht von
Irrenärzten!" Blumberg benötigte drei lange Telefo-
nate, um ihn umzustimmen. So saß er nun da, nahe
bei der Tür, halb zum Publikum gedreht und mit über-
einandergeschlagenen Beinen, als wäre er eigentlich
gar nicht da.

Der Zufall wollte es: Am Vortag war die Bronzefigur beschmiert worden! In großen weißen Lettern hatte jemand das Wort *haram* dem Jungen auf den Bauch gemalt, und damit auch jeder verstand, worauf sich das bezog, glänzte der Fisch in derselben Farbe.

Seit gestern wurde Google in Vegesack von allen möglichen Usern befragt, was denn bitteschön das Wort ‚haram‘ zu bedeuten habe.

Frau Özgün von der CDU-Fraktion meldete sich zu Wort. „Ich möchte etwas erklären", sagte sie zaghaft. Sie distanziere sich von der Schmiererei. „Auch wenn man als Muslim etwas gegen die Darstellung hat: Die Figur so zu verunstalten, das geht gar nicht." Alle Beiratsmitglieder klopften zustimmend auf den Tisch und lächelten ihr zu.

Dann wurde Dr. Böhme um seine Stellungnahme gebeten, gleichzeitig wurde seine Kurzfassung verteilt.

Der Experte öffnete seine verblichene braune Aktentasche, holte ein schmales Manuskript hervor, zog eine gewaltige schwarze Hornbrille aus seinem Sakko und setzte sie auf. Er ließ seine dunklen Pupillen über die versammelte Runde schweifen und endete beim Publikum. Seine Hände fuhren einmal über seinen grauen Haarschopf, der so auf seine Halspartie herabfiel, wie man es von den berühmten Fotos von Albert Einstein kennt.

Wer jetzt, passend zu diesem Klischee, einen sonoren Bariton erwartete, wurde enttäuscht. Mit hoher, leicht kratziger Stimme verwies er auf seine praktische Tätigkeit in der Nervenheilkunde, die ihm leider viel zu wenig Zeit lasse für seine sexualtherapeutische Privatpraxis, die seine eigentliche berufliche Leidenschaft sei.

Dies alles hatten leider nur seine Sitznachbarn verstanden, denn erst jetzt schaltete er auf Vorschlag des Sitzungsleiters das Mikrofon ein.

Bevor er das Manuskript aufschlug, ging er auf das aktuelle Stichwort ‚haram' ein. „Es ist zweideutig", sagte er. „Man kann es mit ‚heilig' übersetzen, aber auch mit ‚verflucht' oder ‚verboten'. Wenn zum Beispiel ein bestimmter Ort haram ist, dann darf ihn nicht jedermann einfach betreten. Nur bestimmte, besondere Personen haben Zugang."

„Nur der Scheich darf in seinen Harem!", rief ein Besucher dazwischen und erntete Gelächter. „Richtig", rief Böhme, „die beiden Begriffe hängen zusammen! Frauen haben etwas Heiliges, aber auch etwas Verfluchtes an sich!"

Laute Rufe schwirrten durch den Raum. „Jetzt reicht's aber! Das ist frauenfeindlich!" „Das ist aber Psychologie!" „Aber das ist doch aus dem 19. Jahrhundert! Da hatte man Angst vor Frauen."

Mit Mühe gelang es dem Sitzungsleiter, die Ordnung wieder herzustellen. „Nun lassen Sie Herrn Dr. Böhme doch bitte weiterreden!"

Der bedankte sich und meinte, er verstehe die Aufregung. „Wir befinden uns hier auf einem tiefen Urgrund der menschlichen Seele", fuhr er fort, „Dort herrscht nicht der helle Verstand, wo die Dinge eindeutig sind, schwarz oder weiß, gut oder böse. Dort wird nicht klar zwischen den Bedeutungen unterschieden, dort ist vieles zweideutig, mehrdeutig, nicht mit klaren Begriffen zu erfassen."

Jetzt kam er auf einen bekannten psychologischen Test zu sprechen: den Rorschach-Test. „Der Name tut nichts zur Sache", erklärte er, „aber viele von Ihnen kennen ihn. Das ist der mit den Tintenklecksen. Die

Person wird aufgefordert zu sagen, was sie in den ausgelaufenen Farbflecken sieht. Der Verstand sagt, es sind Kleckse, ohne weitere Bedeutung. Aber auf den zweiten Blick sehen Sie zum Beispiel Wolken, oder Gesichter, oder sogar Gespenster. Ist das nun falsch? Nein, das ist unsere Phantasie! Tief aus der Seele steigen Bilder hoch, und die sehen wir in die Kleckse hinein. Wir haben sogar Freude daran!"

Er kündigte einen Witz über diesen Test an. Ein Psychiater habe einem Patienten die Tafeln mit den Klecksen nacheinander vorgelegt. Auf jedem Bild entdeckte der Patient in den Klecksen etwas Sexuelles: einen Penis, eine Klitoris, ein Paar beim Liebesakt und so weiter. So etwas, erzählte Dr. Böhme, habe der Psychiater, bei all seiner Erfahrung, noch nicht erlebt. ‚Donnerwetter', entfuhr es dem Kollegen, ‚Sie haben aber eine blühende Phantasie!'

„Wissen Sie, was der Patient ihm entgegnete?", fragte Dr. Böhme fröhlich in die Runde, wartete aber eine Antwort nicht ab: „Er sagte: ‚Was kann ich denn dafür, wenn Sie mir so schweinische Bilder vorlegen?!'"

Gepflegte, aber geteilte Heiterkeit bei den Beiratsmitgliedern und im Zuschauerraum. Nicht bei allen fiel der Groschen sofort.

„Was will ich damit sagen?" Auch der Experte liebte offenbar rhetorische Fragen. „Ich komme auf unseren Vegesacker Jungen zurück, auf die umstrittene Skulptur am Museumshaven. Der Fisch ist ein Fisch, sagt der Verstand, und die Hand hält einen Fisch. Unwillkürlich, und ich sage bewusst: unwillkürlich, meldet sich unsere Seele. Ich benutze jetzt den berühmten Begriff, den der große Vater der Psychoanalyse, Sigmund Freud, dafür geprägt hat: Es meldet sich unser Unbewusstes. Für das Unbewusste ist der Fisch mehrdeutig. Er ist ein Symbol, er steht für etwas Glitschiges, Feuchtes, für einen bestimmten Geruch. Er ist ein

Symbol für den Phallus, den angeschwollenen Penis. Diese untergründige Bedeutung ist dem Unbewussten wichtiger als das bloße Faktum Fisch, den man fängt, verarbeitet und verspeist. Ich kann das hier so unverblümt sagen, weil ja nur Erwachsene im Raum sind."

Trotzdem ertönte vernehmbares Kichern in einer Ecke des Zuschauerraums. Wie man hinterher erzählte, hatte eine Frau ihrem Mann zugeraunt: „Siehst du, deshalb isst du so gerne Fisch!"

Dr. Böhme fuhr fort: „Es gibt noch etwas bei der Figur, das für diese Assoziation verantwortlich ist. Das ist die Armhaltung, die Höhe der Hand, die Nähe zum Körper. Unwillkürlich, und ich wiederhole: Das ist keine böse Absicht!, unwillkürlich fühlt die Körperseele des Menschen diese Geste beim Betrachten innerlich nach und spürt: Das ist der Griff nach dem Phallus. Wichtig, meine Damen und Herren: Das konstruiert nicht unser denkender Verstand, das ist eben unbewusst, das macht ein Teil unseres Geistes, den wir nicht beeinflussen können, oder wenn, dann nur mit Training und geistiger Begleitung, eventuell sogar therapeutischer Führung."

Der Psychiater schwieg. Offensichtlich hielt er seine Ausführungen für abgeschlossen.

In diesem Moment verließen drei Personen die Stuhlreihen der Zuhörer. Anna Hartmann von den Pfingstlern zog mit angewidertem Gesicht ihren Ehegatten zum Ausgang, und ein junger, finster blickender vollbärtiger Mann bahnte sich einen Weg durch die vorletzte Reihe.

„Was meinen Sie denn dazu?", fragte der Sitzungsleiter den Bildhauer und konnte sich ein Schmunzeln nicht verkneifen. „Haben Sie das beabsichtigt?"

Hermann Brosig warf die Arme wie zur Abwehr in die Höhe. „I bewahre! Erstaunlich, wieviel Worte man um ein Kunstwerk machen kann! Nein, ich bin ein ganz dummer Mensch. Ich habe gar nichts mit der Skulptur ‚beabsichtigt‘, außer, dass sie schön anzusehen ist. Aber ich freue mich, dass ein so ausgewiesener Experte mehrere Schichten darin findet. Dann ist sie ja spannend genug für die Besucher!"

„Darf man aus dem Publikum schon Fragen stellen?", fragte ein weißhaariger, leicht gebeugt stehender Mann mit hellblauer Strickjacke.

Der Ortsamtsleiter blickte in die Runde. „Wortmeldungen aus dem Beirat? ... Nein? ... Dann bitte, mein Herr, fragen Sie!"

„Herr Dr. Böhme", hub der Angesprochene an, „mein Name ist Bernhard Schonck. Ich bin Jurist, wissen Sie. Ich habe als Rechtsanwalt viel erlebt. Ich stelle mir jetzt vor, es würde sich hier und heute nicht um die politische Meinung eines Stadtteilgremiums drehen, sondern wir befänden uns in einem Gerichtsprozess."

„Das finde ich interessant!", warf Dr. Böhme ein und drehte sich auf seinem Stuhl dem Redner zu.

„Das ist schön", sagte Schonck und fuhr fort: „Jemand klagt also gegen die Figur oder genauer: gegen die Kommune, die sie aufgestellt hat. Sein Argument ist, er habe sich in seinem persönlichen Empfinden, oder sagen wir: in seinem religiösen Empfinden, erheblich gestört gefühlt. Jetzt soll der Richter zu einem Urteil kommen, das besagt: Hat er damit Recht oder nicht? Da gibt es kein Dazwischen, keine Ebene des Verstandes und eine andere darunter oder darüber, wie Sie es gerne hätten. Der Richter muss sich entscheiden: Wie ist es in Wirklichkeit?"

„Was ist Wirklichkeit?" Dr. Böhme sprang auf, anscheinend hatte der Frager einen neuralgischen Punkt getroffen. Böhme erinnerte an die berühmte Frage des Pontius Pilatus an Jesus im Johannesevangelium: ‚Was ist Wahrheit?'

„Die Wahrheit ist nie ganz objektiv", dozierte Böhme, als stehe er im Hörsaal, „Unser Gehirn konstruiert die Wirklichkeit! Unser Gehirn interpretiert die Signale, die es aus der Umwelt empfängt, und baut uns daraus ein Bild, das wir für die Wirklichkeit halten!"

„Aha!", rief eine junge Frau mit Kurzhaarfrisur aus dem Publikum, „Ob hier links der Ausgang ist, das konstruiert mein Gehirn. Und Ihres konstruiert vielleicht ganz anders. Ich bin gespannt, wer von uns gegen die Wand rennt!"

„Auch viele Tiere finden die Tür!", konterte der Wissenschaftler, „Das haben wir in der Evolution gelernt. Wir konstruieren intersubjektiv!"

„Wir konstruieren was?" Das war ein Männerbass von hinten. „Ich bin Bauschreiner und weiß, wie man Türen konstruiert. Dazu brauche ich nicht die Tiefe meiner Seele. Können Sie sich nicht ein bisschen verständlicher ausdrücken?"

„Kann er nicht!", ließ sich Bernhard Schonck, der Jurist, vernehmen, „Ich habe mal angefangen, ein Buch von Sigmund Freud zu lesen. Nach zwanzig Seiten habe ich aufgegeben." Er räusperte sich: „Eigentlich warte ich noch darauf, was Dr. Böhme meinem Richter sagen würde!"

Der Psychiater war froh, dass er das Thema Türkonstruktion verlassen konnte. „Ihrem Richter, werter Herr, würde ich sagen müssen: Der Kläger hat Recht bei seiner Empfindung und wieder nicht Recht. Er interpretiert das, was er sieht, subjektiv. Da ist für die

Juristerei kein Halt zu finden. Der Richter müsste die Klage abweisen, er kann sich in so einer Sache gar nicht entscheiden!"

Rechtsanwalt Schonck lächelte vor sich hin und schwieg eine Weile. Er blieb immer noch stehen, ja er straffte sich ein bisschen. „Wissen Sie, Herr Dr. Böhme, ich kenne sie, und vielleicht erinnern Sie sich. Ich habe vor Jahren mal einen Menschen verteidigt, und Sie waren psychiatrischer Gutachter. Es ging um die Frage: Ist der Mensch psychisch krank oder nicht? Ihr Plädoyer damals war: Ja, er ist psychisch krank. Wenn ich Sie heute höre, frage ich mich: Haben Sie das damals auch nur ‚konstruiert'? Hätten Sie jenen Gutachtenauftrag nicht auch abweisen müssen, weil man sich bei so einer Sache, psychisch krank oder nicht, im Grunde nicht entscheiden kann? Weil psychische Krankheit eine Konstruktion unseres Gehirns und unserer Gesellschaft ist?"

Dr. Böhme atmete tief durch und fand aus dem Stegreif keine Antwort. Er blätterte in seinen Unterlagen.

Einige im Beirat und erst recht im Zuschauerraum waren sichtlich aus dem Disput ausgestiegen, schauten aus dem Fenster oder suchten etwas auf ihrem Handy. Manche schüttelten ein wenig den Kopf.

Der Sitzungsleiter spürte die Stimmung und griff schnell ein. „Vielen Dank für die Beiträge aus dem Publikum, und vielen Dank für Ihre Ausführungen, Herr Dr. Böhme. Wir wissen es zu schätzen, dass Sie sich die Zeit genommen haben, uns hier Ihre Sicht darzustellen."

Er tauschte mit Böhme einen freundlichen Blick aus und fuhr fort: „Ich denke, wir sollten jetzt zu einem Beschluss kommen. Gibt es einen Antrag aus den Reihen der Beiratsmitglieder?"

Schweigen. Niemand vermochte einen Antrag zu stellen. Da blieb dem Ortsamtsleiter nichts anderes übrig, als selbst einen Beschlussvorschlag zu formulieren, der dieser unklaren Lage angemessen war.

Rasch, wie um das leidige Thema loszuwerden, schlug er vor, alle Beteiligten zu bitten, sich friedlich an einen Tisch zu setzen und das Thema auszudiskutieren. Der Beirat wolle und könne in so einer sehr persönlichen Angelegenheit nicht zugunsten oder zu Ungunsten einer Partei Stellung beziehen.

Ohne viel Federlesens stellte er den Beschluss zur Abstimmung, und er wurde einstimmig angenommen.

Selten bildeten sich nach einer Beiratssitzung so viele Grüppchen vor dem Sitzungssaal, unten im Foyer und draußen beim nächsten Straßencafé, um über das Gehörte noch einmal zu diskutieren.

Ben Vogelsang, der auf einem der Pressestühle saß, hatte aus dem Augenwinkel registriert, dass die beiden Mitglieder der Pfingstgemeinde sowie der junge Mann, der vielleicht im Auftrag des Imam da war, die Beiratssitzung vorzeitig verließen. Das sollte man vertiefen, sagte ihm sein journalistischer Instinkt.

Die Kontaktdaten des Ehepaars Hartmann waren leicht zu recherchieren, schließlich hatten sie ja im Auftrag der Pfingstler den Antrag eingereicht. Ein Anruf, eine Verabredung, und er saß den beiden in deren Wohnzimmer gegenüber.

Ein karges Wohnzimmer. Keine Bilder, nur ein paar Fotos auf einer Pinnwand. Ein einfaches braunes Holzkreuz über der Tür. Auf dem Sideboard, großformatig, eine Bibel. Keine Blumen, kein unnützer, aber vielleicht schöner Tinnef, nichts.

Aber Tee wurde ihm angeboten, und ein Glas Wasser. Aus dem Wasserhahn. Er dankte.

Ben Vogelsang leitete das Interview wie üblich ein: Ob er sein kleines Aufnahmegerät einschalten und sie wörtlich zitieren dürfe. Sie nickten, und er bat sie um ein lautes ‚Ja'. Dann aber fragten sie, ob sie den fertigen Artikel noch einmal durchsehen dürften.

„Das kann ich Ihnen nicht verwehren", sagte der Journalist, „Sie können auf Streichungen bestehen, aber Sie können nicht verlangen, dass ich bestimmte Dinge schreibe. Den Artikel muss ich selbst verantworten."

Das Ehepaar tauschte Blicke aus. Dann meinte der Mann, sie seien einverstanden.

Ben ließ die Atmosphäre in Ruhe auf sich wirken. Er hatte schon oft Paarinterviews durchgeführt. Gelegentlich erspürte er verborgene Missstimmungen zwischen den Partnern, glaubte sogar hier und da, er könne sie förmlich riechen. Heute war so ein Tag.

„Sie waren beide bei der Beiratssitzung, als der Psychiater seine Stellungnahme abgab. Warum sind sie früher gegangen?" „Wir hatten noch einen Termin", antwortete Boris Hartmann, und gleichzeitig sagte seine Frau: „Wir hatten genug gehört."

Erstaunt blickte Ben von ihm zu ihr und zurück. „Beides ist richtig", beeilte sich Herr Hartmann zu sagen.

„Fühlten Sie sich nach dem, was er sagte, im Recht?" „Aber ja doch!" Frau Hartmann hatte das Antworten übernommen. „Er hat das bestätigt, was wir und unsere Glaubensfreunde empfunden haben: Die Figur zeigt eine obszöne Geste, sie gehört sich nicht, und sie gehört auf keinen Fall an so eine Stelle im Haven, an der viele Leute vorbeilaufen und sich daran stören. Und die Kinder! Sie sollten so etwas nicht sehen."

„Haben Sie mit Ihren Kindern darüber gesprochen?"

„Wir haben keine Kinder, leider. Wir hoffen, dass Gott uns noch welche schenkt."

„Aber hat Dr. Böhme nicht auch gesagt, dass diese Sicht nur *eine* Möglichkeit ist? Dass andere Leute nur eine Hand sehen, die einen Fisch hält? Menschen, die sich über gar nichts ärgern? Was halten Sie davon?"

„Das hat er nur gesagt, weil er von diesem grünen Politiker eingeladen wurde!", ereiferte sich Anna Hartmann.

Ihr Mann sprang mit einem rationalen Argument ein: „Ich habe es so verstanden: Das ist nur die Oberfläche. Die tiefere Wirklichkeit, das ist das Andere, das Sexuelle, das, was die Menschen wirklich berührt."

„Das heißt", beharrte Ben Vogelsang, „Sie werden sich weiter gegen die Figur wehren!? Die Sache ist für Sie noch nicht zu Ende?"

„Natürlich nicht", erwiderte Anna, „wir fühlen uns bestärkt. Die Skulptur muss weg, entweder ganz und gar, oder wenigstens weg von diesem Ort. Dorthin, wo sie keinen Anstoß erregt." „Und das wäre?" „Keine Ahnung. Vielleicht in einem Museum? Oder in Bremen, in diesem liberalen Viertel am Ostertor? Diese Leute dort geilen sich bestimmt daran auf!"

Die Pfingstlerin sagte das mit einem derartigen Widerwillen, dass ihr Mann sich bemüßigt fühlte, ihr einen Arm beruhigend um die Schulter zu legen. Überrascht registrierte der Journalist, dass sie diese Geste von sich abschüttelte.

Ben Vogelsang bedankte sich für das Interview und versprach, ihnen eine Version des Textes per E-Mail zukommen zu lassen. „Sie müssen allerdings wissen", ließ er folgen, „wir stehen bei der Zeitung dermaßen in Zeitdruck: Ihre Reaktion müsste dann sehr rasch erfolgen!"

Das versprach Boris Hartmann und geleitete den Journalisten zur Haustür.

Der fuhr gleich weiter zur Moschee, um die zweite Widerstandsgruppe gegen die Skulptur auszuforschen.

Dort biss er auf Granit. Der Imam verkündete ihm über die Sprechanlage, er rede nicht mit einem Journalisten, denn der stecke sowieso mit dem Bildhauer und dem ganzen frivolen Gesindel von Vegesack unter einer Decke. Man habe ihm aus der Beiratssitzung berichtet, wie unter dem Deckmantel der Wissenschaft diese widerliche Angelegenheit gerechtfertigt und breitgetreten wurde. Die Moscheegemeinde werde diese Sache unter sich ausmachen, da hätten Außenstehende wie irgendwelche Journalisten, noch dazu Nicht-Muslime, nichts zu suchen.

Vogelsang versuchte es direkt: „Aber die weiße Schrift auf der Figur, das Wort ‚haram', das stammt doch von Ihren Leuten?"

„Was unterstellen Sie mir? Ich weiß nicht, wer das geschrieben hat", war die barsche Antwort. „Und wenn ich es wüsste: Kein Wort würden Sie von mir hören."

An die Namen irgendwelcher Unterstützer und Gefolgsleute des Imam heranzukommen, erwies sich als ein Ding der Unmöglichkeit. Der Imam schaltete einfach die Sprechanlage ab. Ben konnte also nur spekulieren, wie man in der Moschee weiter diskutieren und welche Konsequenzen man ziehen würde.

Ben Vogelsang radelte nach Hause, setzte sich in der Abendsonne eines vergoldeten Frühherbsttages in sein Gartenhaus und begann, seinen Artikel über den aktuellen Stand der Auseinandersetzungen um die

ominöse Skulptur des Vegesacker Jungen niederzu-
schreiben.

In einem kleinen Ort nahe der Stadt Bydgoszcz in Polen saß Jakub Zawacki in einem Sessel am Fenster
und starrte auf sein Handy. Über dessen Schulter versuchte sein Bruder Mikolaj zu erspähen, was er da
über WhatsApp zugeschickt bekommen hatte.

„Von wem hast du das?" „Von Aleksander in Bremen."
„Von deinem Freund, der in der Werft arbeitet?" „Ja",
beschied Jakub kurz.

„Eine Figur?", fragte Mikolaj weiter, der jetzt Genaueres erkennen konnte.

„Ein öffentliches Standbild, ja. Wurde erst dieses Jahr
aufgestellt, in dem Stadtteil, wo er arbeitet."

„Was ist das für ein Text dabei?"

„Ein Zeitungsartikel. Es gibt wohl Streit um die Figur.
Einige Leute sind dagegen. Ich verstehe nicht genug
Deutsch, worum es genau geht."

Mikolaj pfiff leise durch die Zähne. „Aus Bronze, was?"
Jakub nickte stumm.

„Kannst du sagen, wie groß die Figur ist?"

Der Angesprochene scrollte ein paar Bilder weiter:
„Hier, siehst du, da sind Leute in der Nähe. Die Figur
ist mannshoch, vielleicht ein Meter siebzig."

In Mikolaj arbeitete es. Er senkte die Stimme, beinahe
flüsterte er: „Was meinst du, hundert Kilo? Das würde
heißen: fünftausend Euro für das Material?"

„Mehr", raunte Jakub, „das Metall kann nicht so dünn
sein. Schätze hundertfünfzig Kilo, also mindestens
siebentausend."

„Und die Befestigung?"

„Das muss Aleksander herauskriegen. Bestimmt so wie damals in Berlin. Geht ja kaum anders."

„Was tuschelt ihr da?", mischte sich eine ältere Frau ein, die am Küchentisch hockte und Kartoffeln schälte.

„Ach Babka, nichts Besonderes. Es geht um eine Statue in Bremen. Aleksander hat ein Bild geschickt."

„Dein Freund Aleksander, dieses Schlitzohr? Da steckt nichts Gutes dahinter. Zeig mal her!", herrschte sie.

Gegen diesen resoluten Ton kam Jakub nicht an. Er zeigte ihr die Fotos.

„Und was ist nun mit dieser Schweinerei?"

Jakub war ehrlich verblüfft. „Wieso Schweinerei?"

„Ja siehst du das denn nicht? Dieser Griff, diese Pose? An so etwas sollst du nicht einmal denken, und die zeigen das in der Öffentlichkeit! Typisch deutsch, schamlos vor aller Welt!"

Mikolaj verstand als erster und grinste: „Sie meint, das sieht so aus, als ob er sich reibt, weißt du …?"

„Ach Gott ja", meinte Jakub, „da bin ich gar nicht drauf gekommen!"

„Weil du es mit der Kirche nie so genau nimmst!", schimpfte die Großmutter. „Wir sind katholisch, und da schaut man sich solche Bilder nicht an! Basta! Und was redet ihr da von Bronze und Kilos und Euros?"

„Siehst du, Babka", rief Mikolaj erleichtert, denn es kam ihm eine Idee. „Sollte man so etwas nicht aus der Öffentlichkeit entfernen? Tun wir dann nicht ein gutes Werk? Und wenn wir das dann einschmelzen und für ein paar Euro verkaufen, dann ist das doch ein gerechter Finderlohn. Wir können davon auch was spenden!"

Dagegen fiel seiner Oma auf Anhieb nichts ein. Sie widmete sich weiter ihren Kartoffeln. Nach einiger Zeit blickte sie auf: „Lasst euch aber nicht erwischen! Ich hatte genug Ärger mit solchen Sachen! Eine hat euren Vater schon mal ins Gefängnis gebracht. Geht vorher in die Kirche und betet zur Gottesmutter. Wenn sie euch segnet, dann ist es zwar immer noch Diebstahl, aber ein guter."

Jakub stieß seinen Bruder an: „Wenn wir fahren, dann hänge ich mir meine Halskette um, die mit der Madonna von Częstochowa. Dann geht alles gut."

„Genau", fügte Mikolaj hinzu, „mach dir keine Sorgen."

Immer wieder fuhr der junge Mann in den Haven, umkreiste die Figur des Vegesacker Jungen in einem weiten Bogen und inspizierte sie verstohlen von allen Seiten. Ben Vogelsangs Zeitungsartikel trug er zerknittert in der Jackentasche. Er sollte ihm helfen, besser zu verstehen, was er im Beirat von diesem Gutachter gehört hatte. Die Hand am Fisch sehe aus wie Masturbation – gut, das hatte diese Christengemeinde auch schon gesagt. Aber der Gedanke komme aus dem Unbewussten? Was meinte er damit? Bewusstlosigkeit? Das kann es ja wohl nicht sein.

Er spürte tief im Innern, dass ihn die Figur ungemein verstörte. Sie ließ ihm keine Ruhe, sie zehrte und zerrte an ihm. Inzwischen träumte er von ihr und wachte jedes Mal schweißüberströmt auf.

Das muss aufhören, dachte er, das kann man ja auf Dauer nicht aushalten.

Wieder zu Hause, nahm er all seine gesammelten Fotos, Artikel und sonstigen Hinweise aus der Mappe und hängte sie an ein Steckbrett, das er sich gestern gekauft hatte. Aufmerksam schaute er alles noch einmal durch.

Schließlich blieb er bei einem Foto hängen, das ihn genauso aufwühlte wie diese Bronzefigur. Er kramte eine Taschenlampe aus der Schublade, fand sogar eine Lupe.

Dieses Gesicht!

Wenn er ein bestimmtes, verwaschenes, aber unter der Lupe recht gut erkennbares Gesicht auf dem Bild ansah, das dieser Ben Vogelsang bei der letzten Wahl der Vegesacker Jungen fotografiert hatte, dann stach es ihn tief ins Herz. Der Journalist hatte diese Aufnahme sämtlicher Mäzene und Honoratioren neben seinen Bericht platziert. Was ist mit diesem Gesicht?

Hin und her wanderte er in seinem Stübchen, schaute immer wieder zum Foto und dann in sich hinein. Irgendwann durchzuckte es ihn. Er wusste plötzlich, wer das war.

Erregt nahm er Percy hoch und schleuderte ihm ein „Ja!" in seine großen, verwunderten Hundeaugen.

Sofort klappte er seinen Laptop auf. So einsam sein Leben inzwischen verlief: Seine Einsamkeit hatte auch Vorteile. Er verbrachte unendlich viel Zeit im Internet. Dort war sein eigentliches Zuhause, er hatte Zugang zu einschlägigen Nerd-Gruppen und kannte dadurch alle möglichen Tricks.

Wie besessen durchforstete er in den nächsten Tagen das Leben des Mannes, dem dieses Gesicht gehörte. Bald wusste er Dinge über ihn, von denen der Betreffende nicht ahnte, dass ein Fremder dies überhaupt wissen konnte.

Was er im Internet nicht fand, ergänzte er durch gezielte Beobachtungen. Wie ein Detektiv war er unterwegs. Ich könnte bei der Polizei arbeiten, dachte er.

Wenn er bei seinen Recherchen in Sichtweite des Mannes war, spannte sich ein dumpfer Druck um seine Brust, je öfter, desto stärker. Merkwürdigerweise hielt ihn das nicht ab. Im Gegenteil, manchmal trieb es ihn geradezu in diese Situationen. Es ist wie eine Sucht, dachte er.

## Kapitel 4

### *Weg ist sie ...*

Ein paar Wochen, nachdem Vegesack in einer Beiratssitzung erklärt bekam, wie vielschichtig die Wirklichkeit ist, hätten sich die Wogen eigentlich glätten können. Aber eine frühe Joggerin, die im blauen Dress mit
ihrem weißen Königspudel von ihrer morgendlichen
Runde längs der Lesum zurückkam, rief von ihrem
Handy aus die Polizei an.

Es dauerte, bis der Beamte am Telefon, der offenbar
Bremen-Nord noch nie gesehen hatte, begriff, worum
es ging. „Also nicht in Bremerhaven und nicht in Bremen am Europahafen oder in der Neustadt, sondern
in Vegesack. Da ist auch ein Haven, und da steht eine
Bronzestatue, und die ist weg."

„Ja, richtig. Ich laufe jeden Tag diese Runde, und gestern war sie noch da."

Der Polizist ließ sich die Figur beschreiben. „Und was
war mit Ihrem Hund? Irgendwas wollten Sie mir eben
von dem Hund erzählen."

„Der Hund hat an der Platte geschnüffelt, also an dem
Beton, wo die Figur draufstand. Dann jaulte er auf und
rannte zwanzig Meter weg. Da stand er und bellte, als
ob da etwas Schlimmes ist."

„Wo sind Sie jetzt?"

„Ich stehe bei meinem Pudel und beruhige ihn."

„Dann bleiben Sie von der Betonplatte mal weg. Wer
weiß, was der Hund da gesehen hat." „Oder gero-
chen", meinte die Frau.

Der Beamte versprach, unverzüglich eine Streife zu der Stelle am Vegesacker Haven zu schicken, und bat sie, solange vor Ort zu bleiben.

Nach kaum zehn Minuten sah sie ein Polizeiauto von der Alten Hafenstraße her ins Gelände einbiegen. Es fuhr direkt auf die Stelle zu, wo die Statue gestanden hatte. Die zwei Polizisten stiegen aus, näherten sich der Platte und wichen wie angewidert zurück. Sie holten Absperrband und umzäunten den Bereich mit mehreren Metern Abstand. Einer telefonierte. Dann erst kamen sie auf die Joggerin zu.

„Ich hatte Recht", meinte die, „es riecht scharf, oder?"

Die Männer bejahten. „Irgendeine Flüssigkeit vielleicht. Wir müssen sowieso die Spurensicherung anrufen, die können dann Genaueres sagen."

Das mit der Spurensicherung hatte schon der für schwere Diebstähle zuständige Kommissar Lars Strömer angeleiert, denn den hatte der eine Streifenpolizist pflichtgemäß als ersten angerufen.

Dann traf die Spusi ein und machte sich sofort an die Arbeit. Kurz darauf war auch Strömer zusammen mit seinem Assistenten Jo Flietz vor Ort. „Wer hat angerufen?", fragte er und ließ sich dann von der Joggerin alles noch einmal erzählen. Den Namen und die Kontaktdaten hatte die Streife schon notiert, so konnte er Hund und Frauchen endlich nach Hause entlassen.

Strömer schwang seine Beine über das Absperrband. Das gelang ihm trotz seines Bauchansatzes noch recht gut. „Was haben wir?" Diese Standardfrage war an Robert Müller, den Chef der Spusi, gerichtet, der ein paar Meter weiter in der Nähe der Bodenplatte stand.

„Komm ruhig her, Lars", rief der Kollege, „der Geruch ist unangenehm, aber nicht mehr gefährlich."

„Wonach riecht es, Robert?"

„Ich tippe auf Flusssäure. Muss ich noch genauer untersuchen, würde ich aber drauf wetten. Die ist in hoher Konzentration ätzend, das meiste ist aber schon verflogen. Siehst du hier die beiden Kanäle?" Er wies auf zwei kurze Vertiefungen in dem Beton, wie kleine Rinnen, die schwach begannen, dann rasch tiefer wurden und auf zwei dunkle, kreisrunde Punkte zuliefen.

„Diese dunklen Flecken, sind das Eisenstangen, die in den Beton versenkt wurden?", fragte der Kommissar.

„Richtig", versetzte der Spusi-Mann. „Die hielten die Bronzestatue fest, die eine am Fuß, die andere an dem kleinen Fass. Das hätte man nie abgekriegt, ohne die Figur zu zerstören. Aber man musste natürlich irgendeine Vorrichtung haben, damit man im Notfall die Figur heil herunternehmen kann. Deshalb hat man diese kleinen Rinnen in den Beton gefräst. So hätte man mit Flusssäure die Eisenstäbe zersetzen können. Genau das haben die Diebe gemacht, vermute ich. Man sieht auch, dass sie die Rinnen ein bisschen verlängert haben, um besser ranzukommen."

„Die mussten also das Prinzip gekannt haben?"

„Auf jeden Fall", meinte Robert. „Wahrscheinlich Profis, die so eine Befestigung bestimmt nicht zum ersten Mal gesehen haben."

„Aber die Rinnen waren doch nicht einfach sichtbar!?"

„Nein, die wussten, wo sie sind, unter der Bronze. Nur mit Ausprobieren hätten sie es wohl nicht geschafft."

„Dauert sowas lange?"

Robert Müller schüttelte den Kopf. „Wenn man es gut dosiert und immer wieder nachschüttet, kann das recht schnell funktionieren. Man muss natürlich höllisch aufpassen. Atemmasken, nichts an die Haut kommen lassen und so."

Für den späten Vormittag berief Kommissar Strömer eine improvisierte Lagebesprechung in den Besprechungsraum des nahe gelegenen Nautilusvereins ein. Konrad Habermann, dessen Vorsitzender, hatte ihn zur Verfügung gestellt.

Auch der Verein Vegesacker Junge und das Ortsamt waren vertreten. Hermann Brosig, den Bildhauer, hatte Strömer herbeitelefoniert. Von polizeilicher Seite war noch die Leitung der Spurensicherung dabei sowie die Besatzung des Streifenwagens, der als erster vor Ort war.

Brosig bestätigte voll und ganz, was der Spusi-Chef vermutet hatte. Das mache er immer so bei seinen Bronzefiguren, wenn sie auf Betonplatten stehen.

Strömer wiederholte seine Frage, wer so etwas wissen könnte.

„Ich selber. Aber ich habe meine Figur nicht wieder abgeholt!" brummte Brosig, und die Runde lachte etwas bemüht. „Ansonsten Banden, die professionell Metall klauen, oder sonst Leute, die etwas von Chemie oder Metallurgie verstehen und ein bisschen nachdenken können."

Strömer bat alle Anwesenden, einen Verdacht zu äußern. „Bitte ohne Rücksicht auf Empfindlichkeiten. Was wir hier besprechen, sind reine Hypothesen. Und es darf nichts nach außen dringen."

Werner Blumberg vom Ortsamt berichtete über die Vorgeschichte. „Die Pfingstgemeinde war gegen die Figur und wollte sie da weghaben. Eine bestimmte Moschee hat auch dagegen polemisiert, also der

Imam und ein paar junge Gemeindemitglieder." Er erzählte auch von der Farbschmiererei. „Ob da irgendwo ein Fachmann oder eine Fachfrau dabei ist, weiß ich natürlich nicht."

Strömer fragte nach: „Also die haben sich tatsächlich darüber aufgeregt, dass ein Teil der Figur anzüglich aussieht?"

„Das kann man so sagen", bejahte der Ortsamtsleiter.

Der Kommissar hakte nach: „Was ist mit der Firma, die das installiert hat? Das haben Sie doch nicht höchstpersönlich gemacht, Herr Brosig!?"

Der Bildhauer nannte die Firma Tegentrup aus Bremen-Nord, die mit dem Aufbau beauftragt war. „Das könnte ich allein überhaupt nicht. Als das aufgebaut wurde, war ich gar nicht dabei. Ich habe mich absolut auf die Firma verlassen. Mit denen arbeite ich seit Jahren zusammen. Die sind vertrauenswürdig."

Viel weiter kam man nicht. Strömer notierte sich die Adressen: Pfingstgemeinde, Moschee, die beauftragte Firma. Er dankte allen und beendete die Konferenz. Anschließend besprach er mit seinem Assistenten, wie sie am Nachmittag die Ermittlungen weiterführen wollten.

Friedrich Magielski, der Vorsteher der Pfingstgemeinde, brachte Kommissar Strömer beinahe zur Verzweiflung. Er hatte nur gefragt, ob er jemandem in der Gemeinde zutraue, die Bronzestatue entwendet zu haben, und ob es jemanden in der Gemeinde gebe, der professionelle chemische Kenntnisse besitze.

Höchst umständlich ging Magielski seine Schäfchen durch. Er hatte sie alle im Kopf! Nein, der nicht. Dieses Ehepaar auch nicht, das seien sooo friedliche

Menschen. Bei einigen erzählte er dem Kommissar, der immer ungeduldiger wurde, die halbe Lebensgeschichte.

„Ich frage nochmal direkt", unterbrach ihn Strömer: „Wer kommt ihrer Meinung nach eventuell in Frage?"

Der Vorsteher schüttelte den Kopf. „Niemand", meinte er, „ich lege für alle die Hand ins Feuer!"

„Und wie ist das mit den chemischen Kenntnissen?" Hier stockte der gemächliche Mann, sein Blick wanderte flackernd zur Seite. „Mir fällt nur einer ein", sagte er endlich: „Boris Hartmann. Er arbeitet in der Branche."

Strömer erinnerte sich an das Gespräch mit Blumberg. Hartmann und seine Frau hatten den Antrag eingereicht, sie seien wohl die Wortführer des Protests.

Der Kommissar ließ sich die Telefonnummer geben und bedankte sich. Draußen rief er bei den Hartmanns an, aber vergeblich.

Als nächstes telefonierte er mit seinem Assistenten Jo Flietz und erzählte ihm das Ergebnis. „Der Hartmann wird noch bei der Arbeit sein. Den befragen wir heute Nachmittag. Wie steht's bei dir?"

Der Assistent berichtete ihm, dass er einen Dolmetscher aufgetrieben hat und mit ihm auf dem Weg zur Moschee ist. Strömer überlegte einen Moment, ob er es wagen könnte, seinen Assi allein auf dieses schwierige Terrain zu schicken. Er könnte rasch am Schreibtisch den vermaledeiten Bericht anfangen … Verdammt, nein. „Ich komme dazu", sagte er und setzte sich in sein Auto.

Zwanzig Minuten später wusste Strömer, dass er richtig entschieden hatte. Sein Assistent wäre, auf sich allein gestellt, mit dieser Situation nicht fertig geworden. So etwas hatte er als Polizist noch nie erlebt. Was bildete sich dieser Imam ein! Als hätte er eine Art Diplomatenstatus, und die Moschee wäre so etwas wie exterritoriales Gelände! Verweigerung des Gesprächs! Verweigerung des Zutritts! Von wegen!

Erst eine gewagte Drohung mit einem Durchsuchungsbeschluss und der richterlichen Vorführung seiner höchstselbigen Person beförderte die Einsicht, welche Rechte in Deutschland Staat und Polizei haben. Hamza Bilgin, der Imam, ließ die beiden Gesetzeshüter samt Dolmetscher ein und sich selbst zu einem Gespräch herab.

Einmal in Rage, setzte der Kommissar den hartleibigen Geistlichen mit Hilfe des Dolmetschers gehörig unter Druck. Wie er dazu komme, in diesem Land, das ihn und seine Glaubensgenossen freundlich aufgenommen habe und gewähren lasse, einen privaten Feldzug gegen ein braves kulturelles Denkmal vom Zaun zu brechen?

„Was heißt privat?", rief Bilgin entrüstet, „Meine Gemeinde ist empört über diese öffentliche Verfehlung! Gerade junge Leute!"

Und er erwähnte nicht ohne Stolz seine gelehrigen Schüler, die ihn auf diese frevlerische Figur aufmerksam gemacht hätten. „Es sind Hitzköpfe", fuhr er fort, „aber mit besten Absichten!"

Ja, vielleicht habe sich einer hinreißen lassen, das Wort ‚haram' auf die Statue zu schreiben. „Recht hatte er", ereiferte sich der Geistliche. Aber niemals, niemals habe der Betreffende oder seine Freunde die Figur gestohlen. „Ich lege meine Hand für die ins Feuer!", schloss er und breitete seine Arme aus.

Noch einer mit diesem Spruch, erinnerte sich Strömer an das Gespräch mit Magielski. Er blickte dem Imam fest in seine graugrünen Augen. Wen er denn da im Verdacht habe?

An dieser Stelle war kein Durchkommen. Hamza Bilgin verweigerte jegliche Namensnennung, und dem Kommissar war klar, dass er angesichts der extrem dünnen Beweislage momentan keinerlei echte Druckmittel in der Hand hatte.

Ich finde noch was, dachte er und beendete vorläufig die Unterredung.

„Bitte nehmen Sie Platz!" Strömer hatte Boris Hartmann telefonisch am Arbeitsplatz erwischt und gebeten, gleich nach Dienstschluss ins Polizeipräsidium zu kommen, das praktischerweise gar nicht so weit von seiner Firma entfernt lag.

„Sie sind Chemiker?" Hartmann bejahte. „Womit befassen Sie sich beruflich?"

Etwas erstaunt, aber bereitwillig erläuterte der Angesprochene, was seine Aufgaben in dem Spezialbetrieb der Chemieindustrie waren. Es ging um Zulieferungen für die Autoindustrie, aber alle nachfolgenden Einzelheiten verstand der Kripomann nicht.

„Haben Sie dabei auch etwas mit Flusssäure zu tun?", fragte Strömer hoffnungsvoll weiter. Hartmann schüttelte den Kopf.

„Aber Sie wissen, was das ist und was man damit machen kann?"

„Selbstverständlich", entgegnete der Befragte und fügte ein paar Erläuterungen an. „Aber wieso wollen Sie das wissen?"

Statt einer Antwort fragte ihn der Kommissar unverblümt, wo er in der vergangenen Nacht gewesen sei.

Boris Hartmann zögerte einen Moment. „Warum stellen Sie diese Frage?" Strömer registrierte, dass sein Gegenüber um eine deutliche Nuance blasser im Gesicht wurde.

Strömer ließ nicht locker. „Bitte geben Sie mir einfach eine Antwort."

„Ich war zu Hause bei meiner Frau."

Merkwürdige Antwort, dachte der Kommissar. Warum betont er seine Frau? „Die ganze Zeit?", beharrte er.

„Erst ab elf Uhr. Ich hatte länger zu arbeiten, ein eiliger Auftrag."

„Mit Kollegen? Könnten die das bestätigen?" Hartmann schüttelte irritiert den Kopf. „Nein, ich war allein. Und dann war ich noch spazieren, an der Weser. Das brauche ich manchmal. Frische Luft, Zeit zum Nachdenken. Meine Arbeit ist manchmal äußerst knifflig. Aber was geht Sie das an? Was soll das hier alles?"

„Herr Hartmann, haben Sie jemanden getroffen bei dem Spaziergang? Kann das jemand bezeugen?"

„Sie befragen mich hier wie einen Angeklagten!", erwiderte Hartmann erbost, „Werde ich wegen irgendwas beschuldigt? Was ich gestern Abend gemacht habe, geht Sie im Grunde gar nichts an!"

Jetzt sah sich der Kommissar genötigt, ihn über die näheren Einzelheiten aufzuklären: den Diebstahl der Figur, die näheren Einzelheiten.

„Und da meinen Sie, ich als Chemiker hätte mal so eben eine solche Riesenstatue geklaut? Mit ein bisschen chemischem Hokuspokus losgemacht und abgeschleppt? Herr … wie war noch Ihr Name?"

„Strömer.“

„Herr Strömer, Sie machen sich lächerlich. So etwas ist für einen einzelnen Mann unmöglich.“

„Sie könnten Komplizen gehabt haben.“

„Herr Kommissar, ich fahre jetzt nach Hause. Sie fragen mich hier nach Details aus meinem Leben, ohne etwas Konkretes in der Hand zu haben. Das dürfen Sie nicht! Das lasse ich nicht zu!“

Sprach's, stand auf und verließ das Zimmer.

Strömer blieb nachdenklich auf seinem Stuhl sitzen. Jo Flietz, sein Assistent, hatte mitgehört und betrat den Raum.

„Das mit den Überstunden und dem stundenlangen Spaziergang an der Weser ist allzu durchsichtig“, meinte er.

Strömer nickte: „Warum, zum Teufel, rückt er sein Alibi nicht heraus, wenn er eins hat? Was steckt dahinter? Ich werde aus ihm nicht schlau.“

Bis in *buten un binnen* hatte es der Diebstahl geschafft. Diese halbstündige Regionalschau des Bremer Fernsehens war eine der wenigen Sendungen, die er auf seinem alten Schinken von Fernseher regelmäßig anschaute.

Der junge Mann sprang auf und starrte mit weit aufgerissenen Augen auf den Bildschirm, ohne von der folgenden Nachricht irgendetwas aufzunehmen. Er warf sich den Anorak um, rannte, ohne sich um den Fernseher zu kümmern, die Treppen hinunter, holte sein altes grünes Hollandrad aus dem Keller und fuhr stracks zum Haven.

Dort warf er das Rad beiseite und stand nach wenigen Schritten hocherregt vor der leeren Betonplatte. Von den Absperrbändern und überhaupt von der Polizei war nichts mehr zu sehen.

Die Figur ist weg, dachte er unentwegt, die Figur ist weg. Warum ihn das so aus der Bahn warf, wusste er nicht, ja: Er fragte es sich nicht einmal selbst.

Unschlüssig umkreiste er die Stelle, wo die brisante Statue gestanden hatte.

Plötzlich, als hätte er einen Entschluss gefasst, schritt er zu seinem Rad, schwang sich hinauf und fuhr los, kreuz und quer durch den Bremer Norden. Heftig malträtierte er die Pedale, bis er nach einer guten Stunde erschöpft zu Hause ankam. Percy wartete schon ungeduldig auf sein Fressen.

**Fünftes Kapitel**

*Mancherlei Verdächtige*

Schon auf acht Uhr hatte Kriminalkommissar Strömer am nächsten Morgen die Lagebesprechung angesetzt. Dieser Diebstahl wirbelt Staub auf, das war ihm klar.

Vor seinem Schreibtisch saßen Robert Müller von der Spurensicherung und Isolde Wehling in ihrem Rollstuhl. Wehling war schwerbehindert, aber unentbehrlich bei Internetrecherchen und jeglicher Hintergrundarbeit. Vor allem hatte sie ein Händchen für die Strukturierung aller einlaufenden Daten.

Jo Flietz, Strömers Assistent, lehnte am Fenster. Er sah etwas übernächtigt aus. „Zoff mit der Freundin.“ Das musste als Erklärung genügen.

„Wir haben noch frische Reifenspuren gefunden, die nichts mit unseren Streifenwagen zu tun haben. Sie stammen von einem Kleintransporter", berichtete Müller. „Stark abgefahren. Der war entweder länger nicht beim TÜV, oder er fährt viel rum, oder er kommt aus dem Ausland, wo nicht so kontrolliert wird.“

Strömer machte sich Notizen. Ohne zu ihm aufzusehen, sprach er seinen Assistenten an: „Jo, prüfst du mal nach, ob im Umfeld der Pfingstler oder der Moschee so ein Kleintransporter registriert ist?“

„Ich versuche es", brummte Flietz, „wird aber nicht einfach sein.“ „Wenn du es einfach haben willst", knurrte Strömer zurück, „lass dich zur Polizeieskorte versetzen.“

Der Assi zog es vor, nicht zu antworten.

„Isolde", fuhr der Chef fort, „ich habe dich in diese Runde gebeten, weil du mit den bisher Verdächtigen nicht persönlich gesprochen hast, aber du kennst alle Infos. Hältst du es für möglich, dass diese religiösen Leute so etwas organisiert haben?"

Wehling drehte ihren Rollstuhl so, dass sie die drei Kollegen im Blick hatte. „Wenn du schon so fragst: eher nein. Das Gewicht der Figur, die Anwendung von Flusssäure, die ganze Logistik: Das spricht eher für Metallprofis. Ich traue es dem Imam nicht zu, dass er eine solche Truppe an der Hand hat. Und die Frommen? Ja, dieser Hartmann mit seinem komischen Alibi ist verdächtig, aber die Gemeinde? Die mögen zwar Erweckungserlebnisse haben, aber die nützen ihnen bei 150 Kilo Gewicht auch nichts. Entschuldige bitte, Robert, wenn ich zu frech bin," endete sie, als sie den Spusi-Mann die Stirn runzeln sah, „aber jetzt kommen auch noch deine Reifen dazu."

„Wieso die Reifen?" hakte Strömer nach.

„Naja, Kleintransporter, abgefahrene Reifen, Ausland … ich weiß, es ist politisch nicht korrekt, aber ich muss natürlich an Osteuropa denken. Polen, Rumänien, Bulgarien. Es wäre nicht das erste Mal, dass eine Bande von dort hier Metall klaut. Denkt an die ganzen Fälle bei der Bahn."

„Gut", meinte Strömer, „müsste man mal systematisch durchgehen."

„Habe ich schon, soweit ich Zeit hatte. Es gibt eine unaufgeklärte Tat in Berlin, vor anderthalb Jahren, da stimmt vieles überein. Große Bronzefigur, Flusssäure, ein Zeuge sprach von einem Kleintransporter, angeblich polnisches Kennzeichen, aber nichts Genaues. Ich habe angerufen. Die Kollegen haben bis heute keine klaren Hinweise an der Hand."

„Ich erinnere mich", sinnierte Strömer, „war da nicht auch die Firma in Verdacht, die das aufgebaut hat?"

„Richtig, aber man hat ihr nichts nachweisen können."

„Trotzdem", mischte sich Müller ein, „wenn es hier am Haven Osteuropäer waren: Woher kannten sie die Details? Um die verborgenen Rinnen zu verlängern, wurde der Beton ganz gezielt angeschabt. Das war nicht Versuch und Irrtum: Die wussten genau, wo sie ansetzen mussten."

„Das könnten sie vom Bildhauer wissen ...", überlegte Strömer.

„Extrem unwahrscheinlich", warf Jo Flietz ein, aber der Chef setzte seinen Satz einfach fort: „... oder von der Firma. Die müssen wir unter die Lupe nehmen. Ich fahre da heute Vormittag noch hin. Jo, du fährst mit. Das mit dem Kleinlaster verschiebst du auf den Nachmittag."

Kommissar Lars Strömer gewann ein Bild von der Nordbremer Firma Tegentrup, die mit der Aufstellung und Verankerung der Statue beauftragt war. Ein kleiner Familienbetrieb, der sich mit allen möglichen Metall- und Schlosserarbeiten durchschlug. Ein halbes Dutzend Beschäftigte, vorwiegend Metallbauer, darunter ein Auszubildender. Der Chef selbst und ein langjähriger Mitarbeiter haben in Spezialkursen chemische Kenntnisse im Bereich der Metallverarbeitung vertieft.

Dies alles, soweit nicht im Internet auffindbar, erfuhr der Ermittler gar nicht vom Chef selbst, denn der war gerade mit einem jungen Gesellen bei einem Kunden, sondern von seiner Frau, die halbtags die Büroarbeiten erledigte. Mit ihr verstand er sich bestens.

„Frau Tegentrup, Sie blicken ja voll durch, was in der Firma läuft. Wie gesagt, es geht um die Bronzefigur, die in Vegesack gestohlen wurde. Wer aus der Firma war an der Installation beteiligt?"

„Also, das war ja keine Kleinigkeit. Es ging um teure Kunst, da hat sich mein Mann um alles gekümmert. Und den Malte, der viel von Chemie versteht, hat er dabei gebraucht, und zwei andere Mitarbeiter für die Kranführung und die Betonarbeiten."

„Das heißt: Fast die gesamte Firma war dabei?"

„Nicht alle. Einer arbeitet seit Wochen allein an einem geschmiedeten Zaun, ein größerer Auftrag. Der fünfte Geselle hatte Urlaub, und der Azubi hatte an dem Tag Berufsschule. Bei den Vorbereitungen hat er ein bisschen geholfen."

„Und Sie hatten die Oberaufsicht und im Hintergrund alles im Griff!", grinste Strömer.

„Nu hör'n Se mal auf, Herr Kommissar. Ich hab hier gesessen und Rechnungen geschrieben. Mir können Sie nichts nachweisen!", lachte sie und bot ihm eine zweite Tasse Kaffee an.

Strömer lehnte dankend ab und fragte nach den Namen der beteiligten Handwerker. Malte und Mesut waren in der Werkstatt und standen zur Verfügung, der Chef und der junge Sören wurden in etwa einer Stunde zurückerwartet.

Zuerst also Malte. Auf ihn war Strömer besonders neugierig, wegen seiner Chemiekenntnisse.

Leisetreterei war nicht der Stil des Kommissars. Räuber und Diebe muss man forsch angehen, das war seine Erfahrung.

„Die Bronzefigur am Haven ist gestohlen", begann er, „das wissen Sie. Und Ihnen als Fachmann muss klar sein: Das kann nur einer gewesen sein, der genau weiß, wie man vorgehen muss. Also so einer wie Sie."

Zu seiner Überraschung reagierte Malte weder beleidigt noch ängstlich, sondern absolut souverän. „Ich habe damit gerechnet, Herr Kommissar, dass Sie bei uns suchen. Hätte ich auch getan. Sie können sich vorstellen, wie mich das fuchst. Wie genau wir diese Figur hier gesichert haben, ist auf meinem Mist gewachsen. Ich hielt es für das Beste, was man machen kann. Wie sind die bloß darauf gekommen?"

„So ähnlich hat man es in Berlin schon einmal gemacht, so vor anderthalb Jahren."

„Ja, ich weiß. Da tauscht man sich unter Kollegen aus. Anders als hier, konnte man in Berlin den Ansatz der Rinnen sehen. Ging nicht anders, die Kontaktfläche war kleiner. Also war es hier schwieriger. Könnten das trotzdem dieselben Täter gewesen sein?"

Lars Strömer schaute dem Metallbauer unverwandt in die Augen: „Und wenn Sie es selbst waren?"

Malte lachte. „Meinen Sie, ich riskiere wegen so was meinen Job? Ich bin seit über zwanzig Jahren in der Firma!"

„Wegen Geldnot haben andere Leute schon alles Mögliche gemacht", ließ der Kommissar nicht locker und legte in scharfem Ton nach: „Wo waren Sie gestern Nacht?"

Und wieder ließ sich Malte nicht aus der Ruhe bringen. „Ich bin nicht in Geldnot. Wenn Sie wollen, fragen Sie bei der Sparkasse, da habe ich meine Konten, auch Sparkonten. Der Kredit für das Haus ist schon fast auf null. Und mein Alibi – so nennt man das doch?"

Strömer nickte.

„Ich war die ganze Nacht zu Hause. Das kann meine Frau bestätigen. Es gab um Mitternacht sogar Zoff mit meinem Ältesten, weil der zu spät nach Hause kam.

Er ist fünfzehn. Fragen Sie ihn, ich habe nichts dagegen."

„Mal sehen, ob das nötig ist. Ich habe noch eine andere Frage. Wieviel Leute bräuchte man, um die Figur zu stehlen?"

„Theoretisch kann das einer alleine, wenn er einen Laster mit Kran hat. Das wäre aber eine ziemliche Plackerei. Schneller geht es zu zweit, bequemer zu dritt oder viert."

Offen und ehrlich, dachte Strömer, so eine Antwort hätte ich auch vermutet. „Danke für's erste", sagte er dann, „schicken Sie mir bitte Ihren Kollegen."

Mesut erwies sich als wortkarger, phlegmatischer Typ. Er antwortete nur auf das, was er gefragt wurde. Zu seiner Rolle beim Aufbau sagte er: „Ich habe das mit dem Beton gemacht."

„Und diese Rinnen? War das Ihre Idee?

„Malte hat gesagt, wie ich das machen soll."

Mehr war über seinen Anteil an dem Gewerk nicht herauszuholen. Strömer schloss dann auch gleich die Frage nach dem Alibi an.

Es stellte sich heraus, dass eine ganze Großfamilie, mit der er unter einem geräumigen Dach wohnt, seine Anwesenheit in der fraglichen Nacht bestätigen kann.

Kurz darauf trafen Herr Tegentrup und sein junger Mitarbeiter Sören ein.

Tegentrup versicherte mehrmals, wie peinlich ihm das Ganze sei. „Das schädigt unseren Ruf", lamentierte er, „Wer vertraut uns diese Art Aufträge jetzt noch an? Brosig bestimmt nicht. Dabei arbeiten wir schon viele Jahre zusammen!"

Die Frage nach dem Alibi machte ihn, anders als seinen Mitarbeiter, sichtbar stutzig. Ihm fielen fast die Augen aus dem Kopf. „Sie glauben doch nicht im Ernst, dass ich meine Kunden derart betrüge? Wir hatten vor zwei Jahren silbernes Firmenjubiläum! Niemals gab es Beschwerden über unsere Arbeit, außer bei ein paar Kleinigkeiten! So etwas, dass wir unsere eigenen Kunden beklauen, wäre uns niemals in den Sinn gekommen! Nein, Herr Kommissar, die Täter müssen sie woanders suchen. Ich weiß gar nicht, was ich dazu sagen soll ...“

Strömer beeilte sich zu sagen, dass sie nun mal in alle Richtungen ermitteln müssen. Das gehöre zu einer guten Polizeiarbeit. Und nun bitte sein Alibi.

Natürlich war es nur seine Frau, die ihm bescheinigen konnte, dass er zu Hause war. Aber nicht nur eine gewisse Sympathie für Frau Tegentrup, sondern auch seine Erfahrung sagte dem Kommissar, dass der Firmenchef für diese Tat wohl nicht in Frage kam.

Blieb noch Sören. Er spielte seine Rolle herunter. Er habe vor allem den Kran bedient. „Haben Sie schon einen Verdacht, Herr Kommissar?“

Strömer blickte erstaunt auf. Ein bisschen früh, diese Gegenfrage, dachte er. „Vielleicht Sie selbst, mit einem Kumpel?“, konterte er.

„Wäre schön, was? Und so einfach! Verdammt viel Geld, so viel Bronze. Aber ich war's nicht! Ich war den ganzen Abend in meiner Dartkneipe, und dann noch bei meiner Freundin.“

Zum zweiten Mal war Strömer irritiert. Es passiert selten, dass bei Vernehmungen ungefragt Alibis aufgetischt werden. Er ließ sich die Namen und Adressen der Kneipe und der Freundin geben.

„Wenn Ihnen noch etwas einfällt, rufen Sie mich bitte an!" Strömer reichte ihm seine Karte und fragte sich, warum er das nur bei ihm machte. Instinkt, sagte er sich, mein Instinkt.

Nach dem Besuch in der Firma verspürte Strömer einen anständigen Hunger. Er fand einen exquisiten Fischhändler in Lesum und aß gleich zwei Fischbrötchen: Bismarck und Matjes. Erst dann fuhr er zurück zum Präsidium in Bremen-Vahr.

Wieder im Büro, fand er eine Rückrufbitte von Robert Müller vor. „Was ist?", fragte er den Spusi-Chef.

„Heute Morgen gab es doch diese Osteuropa-These. Polen, Rumänen und so."

„Ja, und?" Manchmal fand Strömer es nervig, wie umständlich sein Kollege seine Dinge erzählte.

„Mir ging das durch den Kopf, als ich die Funde am Tatort nochmal durchging. Da ist eine kleine Halskette dabei, nichts Wertvolles, mit einem Anhänger dran, das könnte eine Heiligenfigur sein oder sowas."

Müller beschrieb diesen Kettenanhänger: Ein ovaler Rahmen, nachgemachtes Silber, billiges Zeug, und darin eine weibliche Gestalt mit weitem Mantel, Tuch über'n Kopf. „Wie eine katholische Nonne oder eine von diesen verhüllten muslimischen Frauen. Und die Figur ist nicht silbern, eher schwarz angelaufen."

„Schick mal ein Foto", bat Strömer, „keine Ahnung, ob uns das weiterbringt."

Einen Versuch ist es wert, dachte er. Kaum war das Foto da, rief er den Vorsteher der Pfingstgemeinde an und schickte ihm das Bild per Mail. Ob er damit etwas anfangen könne.

„Das ist eine Marienfigur!", sagte Magielski. „Mit Heiligenverehrung haben wir nichts zu tun. Die Bibel sagt kaum etwas zu Maria. Das ist typisch katholisch! Die übertreiben das mit Maria. Rufen Sie da mal an!"

Strömer suchte im Internet nach Kontakten.

Der Sekretärin im katholischen Pfarrbüro kam ein Verdacht. „Rufen Sie doch mal in unserer Dependance in Blumenthal an", riet sie, „da ist ein Priester, der aus Polen stammt. Der kennt diese Figur vielleicht."

Der Tipp erwies sich als goldrichtig. „Das ist unsere schwarze Madonna von Częstochowa! Die Deutschen sagen Tschenstochau.", rief der Priester erstaunt aus. „Wie kommen Sie denn an diese Kette? Sowas kriegen Sie hier nicht, nur am Wallfahrtsort selbst!"

Strömer erklärte vage, diese Nachfrage habe mit einer polizeilichen Ermittlung zu tun, und bedankte sich.

Polen!, dachte er. Also doch! Vielleicht die heißeste Spur. Andererseits: Alle möglichen Leute könnten diese Kette irgendwann einmal am Haven verloren haben. Polnische Arbeiter bei der Werft, die dort spazieren gingen, oder eine katholische Joggerin, die das als Talisman trug, oder die so eine Kette mal als Souvenir mitgebracht hatte.

Noch einmal rief er Robert Müller an. Ob Fingerabdrücke dran waren? „Nichts zu machen", sagte der, „viel zu klein, das Teil. Die Bruchstücke von Abdrücken sind zu schmal, um verwertbar zu sein." Na gut.

Kurz darauf rauschte Isolde mit ihrem Rolli in Strömers Büro: „Pass auf, Lars …", aber der winkte ihr unwirsch ab. Er telefonierte.

„Gut, Sie geben das an alle Übergänge weiter. Kleinlaster, Bronzestatue … Jaja, Sie haben das alles notiert. Danke vielmals!"

Dann wandte er sich, jetzt schon besänftigt, seiner
Mitarbeiterin zu: „Du weißt, Isolde, wenn ich telefo-
niere, nicht einfach reinplatzen. Ich habe die Grenz-
schützer an der polnischen Grenze informiert. Die
kontrollieren im Moment alles schärfer, was rein-
kommt, wegen der Schleuserei. Da können sie umge-
kehrt auch mal auf die Ladeflächen gucken, wenn so
ein Kleinlaster ausreisen will." Er erzählte ihr von der
Marienfigur, die mit Polen zu tun haben könnte. Sicher
ist sicher, meinte er.

Isolde wartete seine Erklärungen geduldig ab, um
dann mit ihrer Botschaft herauszurücken: „Also, Lars,
ich verfolge die Chats bei den Moscheeleuten. Da ist
ein gewisser ‚Schüler des Propheten', der polemisiert
seit Wochen gegen die Statue, und seit sie geklaut ist,
umso mehr. ‚Der Satan hat die lästerliche Figur heim-
geholt' und solche scharfen Sachen."

„Reagieren welche darauf?", fragte Strömer, der ihr
die Störung rasch verziehen hatte.

„Ein paar Likes von immer denselben Leuten, alle mit
Alias-Namen, auch zwei Wut-Emojis, aber einer argu-
mentiert dagegen. Das wäre übertrieben, schreibt er,
das wäre die Aufregung nicht wert und so. Der postet
mit einem Absender, der echt sein könnte. Er nennt
sich Mahmud Amjad."

„Kannst du versuchen, Näheres über diesen Mahmud
herauszufinden? Vielleicht kommen wir über ihn an
die ganze Gruppe ran."

„Klar, versuche ich." Geschickt manövrierte Isolde ihr
Gefährt wieder hinaus.

Immer wieder betrachtete der junge Mann sein kleines Steckbrett mit den Zeitungsartikeln, Fotos und Zettelchen. Jedes Mal, wenn er etwas hinzufügte, löste sich für einen Moment die innere Spannung, die ihn seit Jahren quälte, die aber bissiger nagte, seit diese Statue in seine Welt geraten war.

Heute kam etwas Neues hinzu, der Ausdruck einer Vorwegveröffentlichung auf der Online-Seite der Norddeutschen. Ben Vogelsang beschreibt darin ausführlich, was er bei der Polizei Neues erfahren oder selbst beobachtet hat: die Rinnen im Beton, die Flusssäure. Auch die Marienfigur wird gezeigt, verbunden mit der Frage, ob jemand diese Halskette kennt und weiß, wem sie gehört.

Er las den Artikel mehrmals. Die Firma wird genannt, die das Ganze installiert hat. Irgendwas ist mit dieser Firma, dachte er. Damals, als ich meine Schlosserlehre abgebrochen habe – was war da mit Tegentrup?

Bestimmt eine Viertelstunde saß er da, streichelte seinen Chihuahua und starrte an die Wand. Tegentrup!? Als es ihm endlich einfiel, wusste er plötzlich, mit wem er dringend reden musste.

**Sechstes Kapitel**

*Überraschender Fang mit kleinem Fehler*

Strömer hockte missmutig an seinem Schreibtisch, ihm gegenüber stand Jo Flietz, sein Assistent.

„Seit drei Tagen drehen wir uns im Kreis!"

Jo Flietz war sich nicht sicher, ob sein Chef ihn angesprochen hatte. Oder war es ein Selbstgespräch?

Doch dann schaute Strömer zu ihm hoch: „Wir haben die einschlägigen Leute in der Bremer Szene angesprochen. Jo, du hast alle erreichbaren Hehler befragt. Und was ist dabei herausgekommen?"

„Nichts", meinte der Assistent trocken.

„Nichts", echote der Kommissar. „Und was macht ein guter Polizist in so einer Lage? … Na, was hast du gelernt?"

„Er fängt wieder von vorne an", versetzte Flietz, der diese Art Frage-Antwort-Spiel von seinem Vorgesetzten schon kannte.

„Genau! Von vorne! Da haben wir diesen späten Schüler des Propheten, dessen Namen uns Mahmud Amjad gestern endlich genannt hat …"

„Geschickt, wie du den bei seiner Ehre gepackt hast. Allah lobt den Mutigen!", schmeichelte Flietz.

„Aber du warst auch nicht schlecht bei der Vernehmung. Also diesen Mustafa nehmen wir uns vor."

„Bei der Firma Tegentrup bin ich mit diesem jungen Sören noch nicht fertig", warf Flietz ein. „Der war mir zu forsch. Das spricht für Unsicherheit."

„Gut beobachtet. Aber sein Alibi ist auf den ersten Blick in Ordnung, das hat Isolde geprüft."

„Ich habe wegen dieser Dartkneipe noch ein bisschen herumtelefoniert. Sie hat einen schlechten Ruf. Angeblich wird da gezockt, aber die Kollegen konnten noch nichts nachweisen."

Strömer guckte anerkennend: „Gute Arbeit! Hat unser Freund vielleicht ein Geldproblem? Da müssen wir nachhaken. Und am Schluss nehmen wir uns nochmal diesen Chemiker von den Pfingstlern vor. Jetzt aber gründlich. Ich lasse ihn nicht raus, ehe er mir nicht die Wahrheit zu seinem Alibi gesagt hat."

Mustafa öffnete die Wohnungstür und schaute die beiden Herren, die völlig überraschend zu Besuch kamen, neugierig an. „Ja, was wollen Sie?"

Strömer und Flieth wiesen sich als Polizisten aus und vergewisserten sich, dass sie es mit Mustafa zu tun hatten.

Dessen Neugier wich einer spürbaren Verunsicherung. Er bat sie in die Wohnung. „Hier meine Eltern", wies er auf ein untersetztes, freundlich lächelndes Paar in der Küche. „Sie können kaum Deutsch, Entschuldigung!"

Zwei kleine Jungen balgten sich, drückten sich aber scheu in eine Ecke, als sie die beiden Fremden sahen.

„Meine kleinen Brüder", sagte Mustafa, „die drei Mädchen sind alle in der Schule."

„Und wieso bist du zu Hause?"

„Heute ist keine Schule für mich", war die Auskunft. Jo Flieth schüttelte den Kopf. Das konnte irgendwie nicht sein.

Mit wenigen Fragen trieb er ihn in die Enge. Nein, er gehe überhaupt nicht mehr zur Schule. Er verstehe da sowieso nichts. Er arbeite lieber.

„Was arbeitest du denn?"

„Ich arbeite für den Imam. Ich mache viele Arbeiten in der Moschee. Wenn was kaputt ist, oder alles aufbauen, wenn Versammlung ist. Der Imam schickt mich auch, Sachen zu besorgen."

„Und dafür bekommst du Geld?"

„Ja, manchmal. Wenn Geld übrig ist. Die Moschee ist nicht reich."

Strömer und sein Assistent schauten sich an und waren sich wortlos einig: Das klang alles ehrlich. Dieser Junge hat weder Ahnung von Chemie, noch hat er die geistigen Fähigkeiten und die Ressourcen, um so einen komplizierten Diebstahl auszuführen.

„Wo warst du vor vier Tagen abends und nachts?"

Mustafa überlegte keine Sekunde: „Hier natürlich, bei meiner Familie."

„Können die das bestätigen?"

„Klar, alle hier. Moment: An dem Abend war sogar meine Tante zu Besuch. Die weiß das auch."

„Du schreibst in den Chats heftige Sachen über die Bronzefigur im Haven, die gestohlen wurde. Davon weißt du doch, oder?"

„Klar weiß ich das. Der Imam sagt, die Figur ist eine Sünde. Gut, dass sie weg ist."

„Hast du sie gestohlen?"

„Ich? Nein! … Ach, deshalb sind Sie hier? Nein, das war ich nicht. Wie sollte ich das machen? Ich habe doch gar kein Auto. Bitte, nein, ich muss das doch nicht meinen Eltern übersetzen? Die haben Angst, dass sie wieder wegmüssen, nach Aleppo, wo alles kaputt ist. Oder in die Türkei, wo es uns schlecht ging. Nein, ich habe damit nichts zu tun. Das müssen Sie mir glauben!"

Mustafa geriet sichtbar in Panik, seine Augen flatterten. Strömer fühlte sich gemüßigt, ihn zu beruhigen: „Keine Sorge, wir haben gegen dich keinen konkreten Verdacht. Wir befragen alle, die etwas gegen die Figur gesagt haben. Oder im Internet geschrieben haben."

„Ja, das habe ich", meinte Mustafa niedergeschlagen, um dann wieder, fast mit Begeisterung, hochzufahren: „Aber das darf ich doch hier in Deutschland? Gegen die Figur sein?"

Mustafa blickte irritiert zwischen den beiden Beamten hin und her.

Strömer nickte: „Das darf man. Aber nicht sie stehlen oder zerstören."

„Das habe ich auch nicht!" Mustafa hob abwehrend die Hände."

„Aber bemalt hast du sie, oder? ‚Haram' draufgeschrieben?"

Mustafa lächelte verunsichert und war nicht in der Lage zu antworten. „Nehmen wir mal an, das stimmt", konstatierte der Kommissar. „Das war Sachbeschädigung, da kann noch was kommen! Es sei denn, du hilfst uns, wenn du was über den Diebstahl weißt."

„Gerne helfe ich Ihnen, aber ich weiß nichts", antwortete Mustafa fast kleinlaut.

Strömer ließ seine Karte da und verließ mit seinem Assistenten die für eine achtköpfige Familie recht kleine Wohnung. „Der ist wohl raus", sprach er vor sich hin, so dass Flieth sich erneut fragte, ob dies nun ein Selbstgespräch sei.

„Sie schon wieder!" Es sollte ironisch klingen, aber es tönte leicht erfreut, als Frau Tegentrup den Kommissar begrüßte. An seinem jungen Assistenten blickte sie vorbei.

Ja, Sören sei da. Ja, am Ende der Halle, ein Werkstattraum, da könnten sie sich zurückziehen, um ihn zu befragen. Kein Mensch werde da stören.

Breitbeinig saß Sören in seinem Blaumann den Polizisten gegenüber auf einem Stuhl. Strömer beobachtete ihn scharf, als er seine Frage abschoss: „Haben Sie Geldprobleme?"

Ja, dachte er, ganz deutlich. Er hat gezuckt.

„Was soll das denn?", kam jedoch als Gegenfrage, „natürlich nicht. Und was geht Sie das an?"

„Sie haben uns ja selbst erzählt: So eine Bronzefigur bringt ganz schön Geld."

„Ich habe sie nicht geklaut! Und ich habe Ihnen doch schon erzählt, wo ich an dem Abend und in der Nacht gewesen bin."

„Die Freundin könnte Ihnen einen Gefallen getan haben", sagte Strömer leichthin.

Flieth sprach ihn von der Seite an: „In der Kneipe, die Sie angegeben haben, wird im Hinterzimmer gezockt. Sie haben da Schulden!", bluffte er.

Sören sprang auf: „Woher wollen Sie das wissen? Das ist eine gemeine Unterstellung! Außerdem haben die von der Kneipe bestätigt, dass ich da war und Dart gespielt habe."

Jetzt hakte Strömer wieder ein: „Sie haben sich also erkundigt, ob die Ihr Alibi bestätigen und was Sie gesagt haben. Das war anscheinend nötig, sonst hätten Sie ja einfach darauf vertrauen können."

Flieth ergänzte: „Natürlich sagen die, Sie hätten Dart gespielt. Die binden uns ja nicht auf die Nase, dass gezockt wird."

Darauf fiel Sören nichts ein.

Der Kommissar setzte sich gerade hin und blickte Sören tief in die Augen – für diesen Trick war er bekannt. Und siehe da: Sören blickte zur Seite. „Mein lieber junger Herr", sprach Strömer langsam und betont, „wenn Sie in dieser Sache etwas verbergen, sollten Sie jetzt damit aufhören. Sonst geht das am Schluss nicht gut aus für Sie. Das könnte Sie Ihre Stelle kosten. Noch können Sie vertrauensvoll mit uns reden. Vielleicht hatten Sie einen Komplizen, der die Sache für Sie erledigt hat?"

„Nein, so war das nicht!", erregte sich Sören.

„Wie denn?" Die Frage klang wie ein Peitschenhieb.

Als keine Antwort mehr kam, beendete der Kommissar das Gespräch: „Sie haben meine Karte und können mich jederzeit anrufen. Denken Sie in Ruhe darüber nach."

Den Chemiker Boris Hartmann hatte Strömer an seiner Arbeitsstelle angerufen und gebeten, etwas früher Schluss zu machen und ins Präsidium zu kommen. Sein Gefühl hatte ihm geraten, ihn zu vernehmen, ohne dass seine Frau in der Nähe war.

Seinen Assistenten hatte Strömer in den Feierabend geschickt. Auch dabei folgte er seinem Instinkt. Wenn es ein wahres Alibi hinter den Schutzbehauptungen gibt, dann rückt Hartmann unter vier Augen vielleicht eher damit heraus.

„Ich will ganz offen mit Ihnen reden, Herr Hartmann." Die sanfte Tour. „Unser erstes Gespräch endete ja etwas abrupt, um es vorsichtig auszudrücken."

Hartmann nickte unmerklich, schluckte eine Bemerkung herunter und blickte den Kommissar fragend an.

„Ich möchte gern, dass wir Vertrauen zueinander haben. Wenn Sie wirklich nichts mit dem Diebstahl zu tun haben, was ich Ihnen sogar glauben möchte, dann dürfte das doch nicht allzu schwer sein."

Wieder nickte Hartmann, diesmal deutlich und mehrmals. „Können wir versuchen", fügte er hinzu.

„Also", fing der Kommissar wieder an, „ich kann Ihnen ihre Erzählung, was Sie an dem Abend gemacht haben, nicht einfach abnehmen. Ich wäre ein schlechter Polizist, wenn ich da nicht stutzig würde. Eine einsame Nacharbeit in der Firma? Ein stundenlanger Spaziergang am Wasser, nur um über die Arbeit weiter nachzudenken? Und danach nur zu Hause, bei Ihrer Frau, wie Sie etwas auffällig betont haben? Kommen Sie!"

„Warum soll ich denn nicht zu Hause gewesen sein? Das ist doch das Normalste von der Welt!"

Strömer bemühte sich weiter um einen freundlichen, verbindlichen Tonfall: „Wissen Sie, ich bin kein Psychologe, aber ich habe meine Erfahrungen. Ich habe schon viele Leute nach ihrem Alibi befragt, viele Männer. Und oft kam die Antwort: ‚Ich war zu Hause'. Aber noch nie hat jemand ungefragt nachgeschoben: ‚zu Hause, bei meiner Frau'. Vielleicht spinne ich, aber das fand ich auffällig."

„Ich nicht", meinte Hartmann ungerührt, „ich habe mir nichts dabei gedacht."

„Eben!", konterte Strömer, jetzt etwas schärfer: „Das wäre mir vielleicht nicht aufgefallen, wenn nicht Ihre Angaben zu den Stunden davor so merkwürdig waren."

„Was soll daran merkwürdig sein?"

„Machen wir es kurz, Herr Hartmann. Ich könnte mich dienstlich und hochoffiziell bei Ihrer Firma melden und penibel nachfragen, ob das mit Ihrer Arbeit nach Feierabend an dem Tag stimmen kann, was das für ein Auftrag gewesen sein soll, ob das öfter vorkommt und so weiter und so weiter. Und dabei geheimnisvoll andeuten, es gehe um ein Alibi."

„Das dürfen Sie nicht", warf Hartmann ein. Der Kommissar hörte die leicht belegte Stimme heraus.

„Oh doch, das darf ich. Außerdem könnte ich Sie auffordern zu beschreiben, wo genau Sie bei Ihrem Spaziergang entlanggegangen sind, wann genau das war, wo Sie dafür Ihr Auto geparkt haben, bis Sie sich in Widersprüche verwickeln oder Angaben machen, die sich leicht nachprüfen lassen. Und vor allem: Ich könnte Ihre Frau herbestellen und genau befragen, wann Sie nach Hause gekommen sind, ob es wirklich um elf Uhr war oder vielleicht um zwölf oder halb eins, wie Sie dabei Ihre Verspätung entschuldigt haben und was Ihre Frau für einen Eindruck von Ihnen hatte. Und ob so etwas öfter vorkommt oder nur an diesem Abend beziehungsweise in dieser Nacht."

Jetzt wird er blass, registrierte Strömer.

Einen Versuch machte sein Gegenüber noch: „Wozu das alles? Wir waren uns doch einig: Ich hätte diese Statue unmöglich alleine abmontieren können. Geschweige denn wegtransportieren."

„Herr Hartmann, Sie verstehen mich immer noch nicht richtig. Wie gesagt, gefühlsmäßig glaube ich Ihnen.

Aber um Sie wirklich als möglichen Täter aus der Sache rauszulassen, brauche ich die Wahrheit, was Sie an dem Abend und in der halben Nacht gemacht haben. Mit der Geschichte, die Sie mir erzählt haben, machen Sie sich verdächtig, und ich bin genötigt, dem nachzugehen. Offensichtlich wäre Ihnen das durchaus unangenehm, das sehe ich Ihnen doch an!"

Hartmann machte eine längere Pause. Der Kommissar spürte, wie es in ihm arbeitete. „Und dann bleibt es unter uns?", fragte schließlich der Mann von der Pfingstgemeinde.

„Wenn es glaubhaft ist und mir weiterhilft, den Kreis der Verdächtigen einzuengen, dann ja!", antwortete Strömer.

Da endlich sah sich Hartmann gezwungen zu erzählen, wie er tatsächlich den Abend verbracht hat. Er habe eine Geliebte. An dem Abend hatte seine Frau ein Frauentreffen in der Gemeinde, und weil da jemand Geburtstag hatte, war es klar, dass es länger dauert. Da habe er die Gelegenheit genutzt und seine Freundin besucht.

„Bitte entschuldigen Sie", fuhr er fort, „dass ich Ihnen das nicht gleich gesagt habe. Es darf einfach nicht herauskommen. Nicht nur wegen meiner Frau. Ich stünde völlig unmöglich da in der Gemeinde."

„Das müssen Sie mit sich selbst ausmachen. Mir geht es um die Glaubwürdigkeit Ihrer Aussagen. Deshalb benötige ich Namen, Adresse und Telefonnummer Ihrer Freundin. Ich muss die Möglichkeit haben, mir das bestätigen zu lassen."

Hartmann machte keine Umstände und schrieb das Gewünschte auf.

„Fahr nicht so schnell, Mikolaj. Ich will nicht, dass wir auffallen." Jakub schaute seinen Bruder, der am Steuer saß, von der Seite an: „Bist du noch wach?"

„Jaja, natürlich, du nervst." Mikolaj blickte starr geradeaus, ging aber etwas vom Gas. Er hatte nicht auf die Geschwindigkeitsbegrenzung geachtet, und ein Blitzerfoto wäre jetzt nicht unbedingt angebracht. „Warum hast du auch plötzlich so einen Druck gemacht? Nix wie weg und so. Deshalb bin ich immer noch nervös."

Jakub versuchte, den dritten Mitfahrer, ihren Kumpel Jan, etwas nach rechts gegen die Tür zu drücken. Seit Berlin schlief dieser Kerl, schnarchte und machte sich auf seinem Beifahrersitz breit, so dass Jakub in der Mitte ganz verkrampft sitzen musste, um seinem Bruder nicht in die Quere zu kommen. Aber gut, dachte er, sich selbst beschwichtigend: In Bremen hat er uns sehr geholfen mit seiner Bärenkraft.

„Mikolaj", ging er jetzt auf die Nörgelei seines Bruders ein, „du weißt genau, dass ich das so nicht wollte. Die Kiste stand gut versteckt, und wir konnten bei Aleksander pennen. Dann gab es diese kleine Feier, und du hast danach auch deinen Spaß gehabt. Aber dann haben wir nur mal nach dem Rechten gesehen, und der Arm war weg. Einfach abgesägt. Damit war völlig klar: Jemand war im Versteck! Da mussten wir doch sofort los!"

„Wir hätten eben doch gleich fahren sollen, noch in der Nacht nach dem Bruch", brummte Mikolaj weiter.

„Hinterher ist man immer schlauer. Aber wer zum Teufel hat uns verraten?" Aleksander?, dachte er bei sich. Niemals! Leise sprach er, mehr in sich hinein: „Bleibt eigentlich nur einer …"

Nun kauen wir das schon wieder durch und keifen uns gegenseitig an, dachte Jakub weiter. Das mit meiner verlorenen Halskette, die schon im Internet steht, habe ich noch gar nicht erzählt. Gott sei Dank, dass wir gleich über die Grenze sind!

Nicht viel später, und Jakub stieß Mikolaj an: „Runter auf achtzig."

„I see", knurrte Mikolaj, „und dahinten steht schon sechzig."

Sie näherten sich der Grenzstation. „Der hat ne Kelle!" Jakub trommelte unruhig auf seinem Oberschenkel herum. „Er hält uns an! Warum nur uns?"

„Soll ich durchstarten?"

„Bloß nicht, Mikolaj, dann haben sie uns sofort!"

Mikolaj fuhr die Scheibe auf der Fahrerseite runter.

„Na, Sportsfreunde", sprach sie der deutsche Grenzer an, um dann in gebrochenem Polnisch weiter zu fragen: „Was bringt ihr heute ins schöne Polen?"

„Ein paar gebrauchte Küchenmaschinen", antwortete Jakub, „die haben wir in Berlin gekauft."

„Kann dein Fahrer nicht sprechen?", grinste der Beamte und öffnete die Tür. Dabei schepperte eine Wasserflasche auf den Tritt.

Das Geräusch riss Jan aus seinem Schlaf. Er schreckte hoch: „Sind wir schon durch?"

„Wo durch?" Der Grenzer stutzte und grinste nicht mehr. Wurde er misstrauisch?

Jakub beeilte sich zu antworten: „Na, durch die Grenze, das meint er."

„Und warum ist das eurem Muskelprotz so wichtig?"

Eine Minute später hatte der Grenzkontrolleur einen Kollegen dazugeholt, und beide leuchteten mit ihren Taschenlampen auf die Ladefläche. Dort standen keine Waschmaschinen oder Einbau-Backöfen, sondern da verbarg sich etwas unter einer Fülle von Decken und Planen. Also tatsächlich! Die besondere Anweisung bei Dienstbeginn hatte ihre Berechtigung. „Die Decken runter!"

Da lag, stabil auf der Seite, eine mannshohe, bronzefarbene Figur. Die Grenzer kippten sie auf den Rücken. Die linke Seite war ein einziger klaffender Spalt: Der Arm fehlte! Offensichtlich nicht aus künstlerischen Gründen, sondern abgesägt.

Kurz danach flogen die Mails zwischen der Grenzstation und Bremen hin und her. Daten wurden aufgenommen, Haftbefehle ausgefertigt, und nicht lange danach bewegte sich ein Kleinbus der Bundespolizei mit drei polnischen Fahrgästen Richtung Berlin, gefolgt von dem beschlagnahmten Kleinlaster, jetzt mit einem Polizisten als Fahrer. Ein ähnlicher Polizeibus startete von Bremen Richtung Osten. Auf dem geschichtsträchtigen Gelände des einstigen Grenzübergangs Marienborn sollte die Übergabe stattfinden.

Der innere Druck war ins Unermessliche gestiegen. Immer enger spannte sich sein Hals, seine Brust. Immer tiefer holte er Luft, als müsse er sich gegen ein Ersticken wehren.

Das habe ich schon lange nicht mehr gemacht, dachte der junge Mann: in einer Kneipe sitzen und Bier trinken. Das dritte schon!

Und tatsächlich, es half ihm, mit seinem Druck fertig zu werden. Die Spannung blieb, aber sie bekam eine

Richtung, einen Impuls, als würde sie sich wandeln zu einer Kraft.

Er blickte auf seine Armbanduhr. Bald ist es so weit, ging ihm durch den Kopf.

Er winkte dem Ober, zahlte, nahm seine Sporttasche auf und verließ das Lokal.

# Siebtes Kapitel

## *Ein komplett neuer Fall*

„Du hättest gleich in Bremen-Nord bleiben können!", rief Kommissar Kurt Dobrinski seiner Kollegin Nuray Polat zu, kaum hatte sie die Räume der Bremer Mordkommission betreten.

„Wieso, was ist da los?" antwortete die frischgebackene Hauptkommissarin, die sich seit ihrem Umzug nach Lesum an den täglichen Trip mit S-Bahn und Tram längst gewöhnt hatte.

„Eine Leiche in der Tiefgarage am Sedanplatz. Komm, wir fahren zusammen hin." Dobrinski winkte schon mit dem Autoschlüssel.

Kurz darauf bestiegen sie seinen mausgrauen Dienstwagen Marke VW-Golf plus, den er wegen seiner Einstiegshöhe sehr schätzte, seit er sich bei einem einsatzbedingten Sturz permanente Rückenprobleme eingehandelt hatte. Kurz darauf schwenkten sie an der Auffahrt Bremen-Vahr auf die Autobahn 27 Richtung Bremerhaven.

Stoßweise teilte er ihr unterwegs sein bisher dürftiges Wissen mit. Männliche Leiche, mittleres Alter. Der Doc sei schon vor Ort und sagt, dass er erschlagen wurde. Zeitpunkt vermutlich am späten Abend.

Die Einfahrt in die Tiefgarage neben dem Vegesacker Bürgerhaus hatte die Polizei gesperrt. Dobrinskis Auto war natürlich bekannt und wurde durchgelassen.

Drinnen strahlten zwei Scheinwerfer eine Szene neben einem silbrigen SUV an. Die weißgekleidete Spurensicherung machte ihre Arbeit.

Der Doc, wie immer wie auf der Flucht, kam den beiden vom Mordkommissariat schon entgegen. „Bin hier fertig. Die Spusi soll mir dann die Leiche schicken."

Dobrinski musste ihn quasi aufhalten: „Gibt's was zu ergänzen? Vorhin sagten Sie: erschlagen."

„Ja, ganz sicher. Von hinten, mit einem schweren Gegenstand, sehr heftiger Schlag. Der Schädelknochen ist gebrochen. Viel Blut."

„Klingt nach einer Affekttat. Abwehrspuren?", fragte Polat dazwischen.

„Auf den ersten Blick keine. War vielleicht ein Hinterhalt, oder er kannte den Täter. Aber das ist Ihr Job."

Wieder wollte der Doc zu seinem Auto, aber der Kommissar hielt ihn am Ärmel fest: „Ist die Tatwaffe da?"

„Anscheinend nicht. Muss eine stumpfe Waffe gewesen sein. Vielleicht findet die Spusi was. Oder ich, wenn ich die Wunde genauer untersuche."

„Tatzeit?"

„Habe ich doch schon gesagt: gestern Abend. Schätze zwischen 22 Uhr und Mitternacht. Genaueres später."

Dobrinski bedankte sich. Er mochte die knappen, aber präzisen Informationen des Pathologen. An seinen Stil hatte er sich gewöhnt.

Der Kommissar sprach einen der Streifenpolizisten an: „Wer hat die Leiche gefunden?"

„Eine junge Frau. Sie steht dahinten und ist ziemlich fertig." Er wies auf eine burschikos gekleidete Mittzwanzigerin, die an einem Pfeiler lehnte und eine Zigarette rauchte. Man ließ sie gewähren, trotz Rauchverbot hier unten. Polat ging zu ihr und sprach sie an.

Nach ein paar Minuten kam die Kommissarin zu ihrem Chef zurück und berichtete. Die Frau wollte so früh wie möglich im Netto-Discount ihren Tageseinkauf machen und fuhr zufällig an der Leiche vorbei. Nein, den Mann habe sie noch nie gesehen. „Ich habe ihre persönlichen Daten", schloss sie ihren Bericht ab.

Jetzt kam Robert Müller, der Chef der Spurensicherung, auf Dobrinski zu, begrüßte aber zuerst Polat per Kopfnicken.

„Moin Robert", sprach Dobrinski ihn an, „musstest du nicht neulich schon nach Vegesack?"

„Hm, ja. Wegen dieser geklauten Bronzefigur. Fast ein Staatsthema, weil sie Angst vor diesen organisierten Metalldieben aus dem Osten haben."

„Hab davon gehört. Und was hast du hier bis jetzt?"

„Der Tote heißt Jens Beilsen. Papiere, Geldbörse, Handy, Autoschlüssel, alles hatte er in der Tasche."

„Also kein Raubmord", warf die Kommissarin ein.

„Wohl nicht. Ihm gehört der SUV, neben dem er erschlagen wurde. Er wohnt in Vegesack, gar nicht so weit von hier, in der Nähe der Fähre. Alles weitere über ihn müsst ihr herausfinden."

„Tatwaffe?"

„Fehlanzeige. Muss der Täter mitgenommen haben. Wir haben auch noch keine Hinweise auf die Art der Waffe, außer das, was der Doc gesagt hat."

„Habt ihr was auf dem Boden gefunden?", ergänzte Dobrinski, „Reifenspuren, Schuhabdrücke?"

„Jede Menge, wie du dir denken kannst. Bei diesem Boden ist es schwer zu sagen, was frisch ist. Wir arbeiten dran."

Müller wollte sich schon umdrehen, da fiel dem Kommissar noch eine Frage ein: „Sag mal, war das Auto abgeschlossen, als er erschlagen wurde? Oder war es noch offen?"

„Gute Frage!" Diese Art zu kommentieren mochte Dobrinski an Müller gar nicht. „Es war offen. Ob es ‚noch' offen war, ob er also gerade ausgestiegen war, oder ob es ‚schon' offen war, ob er also einsteigen und wegfahren wollte, wissen wir nicht."

Wie immer super spitzfindig, dachte der Kommissar. Aber so muss man wohl sein, wenn man, wie bei der Spusi, auf jedes Stäubchen achten muss.

„Nachher machen wir eine Lagebesprechung im Präsidium. Ich hätte dich gern dabei. Uhrzeit schicke ich noch", beendete Dobrinski die Unterredung.

Kaum saßen sie wieder im Dienstauto, folgte eine der Aktionen Dobrinskis, wofür Nuray Polat ihren Kollegen immer wieder bewunderte.

Rasch und schnörkellos stellte der Kommissar eine kleine Sonderkommission zusammen und diktierte eine Liste: für jedes Mitglied der Soko persönlich zugeschnittene und in zwei Stunden machbare Aufgaben. Alles sollte über das Leben Jens Beilsens zusammengetragen werden, was man nur finden konnte: private Verhältnisse, beste Freunde, die vielleicht Intimes kannten, Berufliches, laufende Projekte, Hobbys und Leidenschaften. Schwachstellen waren das Wichtigste: Feinde, Feinde, Feinde, Schulden, alte Leichen im Keller, Verbotenes, Anzügliches, Laster.

Wer zuhörte, konnte meinen, Dobrinski würde seinen Mitmenschen nur das Allerschlechteste zutrauen.

Er spann den Faden sofort weiter: Was ist über diese Örtlichkeit, diese Tiefgarage bekannt? Gab es dort schon Vorfälle?

Ach ja, und die Vermisstenstelle ... ja, gleich sofort nachfragen ... siehe da: Beilsen wurde vor einer halben Stunde von seiner Frau als vermisst gemeldet.

„Dann kommen wir nicht drumherum", sagte er zu Polat, „wir müssen hin und ihr die Nachricht überbringen. Vielleicht erfahren wir sogar etwas, was uns weiterbringt."

Die Beilsens bewohnten eine großzügige Wohnung in einer Anlage, an deren Konzeption und Realisierung Beilsen selbst beteiligt war: hoch oben in der Weserstraße, mit weitem Blick über den Fluss und das gegenüberliegende Stedinger Land. Toplage. Früher war dort ein Kinderheim, das abgerissen wurde.

Der Besuch war kürzer als erwartet. Frau Jenny Beilsen, elegant gekleidet, eine hochgewachsene blonde Mittvierzigerin, hörte sich die Nachricht mit wenig Bewegung im Gesicht an und bat sie schon recht bald um Verständnis, dass sie jetzt erst einmal allein sein wollte. Ja, sie habe Menschen, die sie anrufen und um Beistand bitten könne. Ja, selbstverständlich werde sie später, vielleicht morgen, für ein längeres Gespräch zur Verfügung stehen, aber bitte nicht jetzt. Den Toten identifizieren? Auch das, wenn es nicht anders geht, aber bitte auch erst morgen.

Nuray Polat war das zu wenig. „Was hatte Ihr Mann gestern Abend vor? Warum hat er zu der späten Zeit in der Tiefgarage geparkt? Wann wollte er zu Hause sein? Sie waren doch sicher in Sorge um ihn!"

Frau Beilsen verschloss ihre Gesichtszüge noch mehr. Ein Schulterzucken, das war ihre einzige Reaktion.

Der Kommissar intervenierte rasch: Selbstverständlich nehme man auf ihre Befindlichkeit Rücksicht. Zunächst einfach nur: aufrichtiges Beileid.

Wieder im Wagen, tauschten sie sich über ihre Eindrücke aus.

„Sie muss eine Schönheit gewesen sein", meinte Polat. „Ist sie noch", erwiderte ihr Kollege.

„Ja, aber man sieht ihr das Alter an. Sie schminkt ihre Falten im Gesicht nicht weg. Und bei aller Kontrolle ihrer Gefühle: ihr Blick ist ernst, fast bitter."

„Ja, kann man so sehen. Und hast du mitgekriegt", fragte Dobrinski weiter, „wie sie ganz schwach genickt hat, als ich die Nachricht vom Tod ihres Mannes aussprach? Sogar zweimal?"

„Ist mir nicht aufgefallen", sagte seine Kollegin, „könnte aber heißen, dass sie mit etwas Schlimmem gerechnet hat. Und sie hat ganz flach geatmet, fast die Luft angehalten."

Und nach einer Pause: „Ich glaube, sie hat mir leidgetan. Ich hätte sie gern in den Arm genommen, trotz ihrer Coolness. Oder gerade deswegen."

Unmittelbar nach dem Mittagessen fand die Lagebesprechung statt.

„Kaust du noch am Nachtisch?", fragte der Chef eine Mitarbeiterin von der Soko. Grinsend nahm sie das Kaugummi aus dem Mund.

Dann zeigte sich, dass Dobrinski die Soko klug zusammengestellt und die Aufgaben präzise verteilt hatte. Jeder und jede konnte, bis auf Kleinigkeiten, Vollzug melden.

Drei Fotos von Jens Beilsen prangten auf der Leinwand: das Passfoto, Beilsen im Smoking auf einer Gesellschaft, Beilsen lächelnd mit Frau im Urlaubslook.

Abwechselnd und sich ergänzend blätterten die Kripobeamten ein ganzes Lebensportrait auf. Beilsen war zutiefst in Vegesack verankert: dort geboren und zur Schule gegangen, tausend Freunde aus der Schulzeit, fleißiger Sportler, vor allem im Turnverein, wo er nicht nur Preise und Meisterschaften gewann, sondern später als Trainer und bis heute im Vorstand tätig blieb.

Erfolgreicher Geschäftsmann in der Immobilienbranche, an diversen Projekten in Bremen-Nord und auch darüber hinaus beteiligt. Überall vernetzt: im Wirtschaftsverein, in Trägervereinen für Traditionen, so auch im Verein Vegesacker Junge – ja, er war selbst einmal für diese repräsentative Funktion ausgewählt worden. Großzügiger Spender, wenn es um die Verschönerung des Stadtteils ging. Politisch nicht festgelegt, er konnte mit jedem.

Dann ging es um die Schwächen, die potenziellen Angriffsflächen, mögliche Feinde.

Da war dieses Strandlustgelände. Ein Areal an der Weser, auf dem ein Hotel insolvent war. Wohnbebauung stand in der Planung, etliche Leute opponierten scharf dagegen, aus unterschiedlichen Gründen. Man sagte, er habe – natürlich auf einen gewaltigen finanziellen Gewinn hoffend – seine Finger da drin. In Mails wurde er deswegen bedroht.

„Gehst du dieser Sache bitte nach?", beorderte Dobrinski die junge Kollegin mit dem Kaugummi, nicht ohne aufmunternd zu lächeln.

Manchen, so hieß es weiter, sei er zu reich, zu umtriebig, zu laut. Einer, der den stilleren, nachdenklicheren

Zeitgenossen auf die Nerven gehen konnte. Aber deswegen ein Mord?

Der Kollege, der den heiklen Auftrag hatte, den intimeren Bereich auszuleuchten – wie war die Ehe, gab es Geliebte, gab es Gerüchte –, schüttelte irritiert den Kopf: „Irgendwie alles normal. Erste Ehe, lebt mit seiner Frau Jenny zusammen, zwei Kinder, Sohn Joris, Tochter Janina."

„Alles Jot?" mokierte sich eine Mitarbeiterin.

„Wahrscheinlich ein Spleen in der Familie. Der Vater heißt Josef."

„Mach weiter", drängte Dobrinski.

„Die beiden studieren, der Sohn seit zwei Jahren, die Tochter hat gerade angefangen. Nicht in Bremen, Sohnemann anscheinend im Ausland, die Tochter in Frankfurt. Ansonsten hat niemand klare Aussagen gemacht. Sogar mein Kumpel, ein Journalist, der gerne Klatschgeschichten schreibt, hatte nichts über ihn. Die ich gut kannte, konnten mir nichts sagen, und fremdere Leute, die ich anrief, haben gemauert. Nee, nie was gehört, gar nichts. Und das bei einem solchen Salonlöwen, einer Kontaktnudel sondergleichen! Ich weiß wirklich nicht, was ich davon halten soll."

Dobrinski runzelte die Stirn. Er hatte noch diesen Blick von Frau Beilsen im Auge, diesen Anflug von Bitterkeit. „Bleib weiter dran", sagte er zu dem Mitarbeiter, „vielleicht steckt mehr dahinter, gerade weil da keiner drüber reden will. Und auch wenn es nach nichts aussieht: Auch winzigen Spuren müssen wir nachgehen."

Jetzt wandte er sich der Kollegin zu, die etwas über die Tiefgarage in Erfahrung bringen sollte. „Nein", rief sie lebhaft, „nichts los da! Keine Raubüberfälle, keine Streitereien oder Kämpfe zwischen Clans oder was weiß ich. Dieser Ort tauchte noch nie in unseren Akten auf. Aber …"

Es folgte eine effektvolle Kunstpause, die dem Chef etwas zu lang geriet: „Was denn nun? Mach keine Show daraus!"

„Ein spezieller Gesprächspartner erzählte mir, es gibt das Gerücht, die Tiefgarage soll ein Treff für Schwule sein, und zwar für solche, die von der neuerlichen Emanzipation noch nichts gehört haben."

„Was soll das denn heißen?", rief einer dazwischen, dem die Kollegin immer schon zu dick auftrug.

„Na, die ängstlich sind, entdeckt zu werden, obwohl das heute doch nichts Weltbewegendes mehr ist."

Dobrinski blickte zu dem Kollegen, der vorher über Intimes gesprochen hatte: „Irgendwas mit Homosexualität im Zusammenhang mit Beilsen? Irgendwelche Gerüchte, und wenn sie noch so dünn sind?"

Der Beamte schüttelte den Kopf. „Ich fasse aber nochmal nach", versprach er.

Den Rest der Besprechung bestritten der Doc und Robert Müller von der Spurensicherung.

Es ging vor allem um die Tatwaffe. Sie sei zweifellos schwer gewesen, und stumpf, aber doch irgendwie wohlgeformt, anders als zum Beispiel ein kantiger Bruchstein. Dafür sei die Wunde zu gleichmäßig. Leider noch nichts Konkreteres.

Ohne viel Hoffnung zu haben, appellierte Dobrinski an alle: „Bitte meldet euch, wenn euch was zu dieser Tatwaffe einfällt!"

Der Chef ordnete, mit dem üblichen Vorbehalt, eine neue Lage an für den nächsten Tag, gleiche Zeit, und schloss die Zusammenkunft.

＊

In einer anderen Abteilung der Kripo, in einer ganz anderen Sache, warteten inzwischen drei junge Männer aus Polen in getrennten Räumen auf ihre Vernehmung durch Kriminalhauptkommissar Strömer.

Der nahm sich als ersten Jan vor, weil er ihn für das schwächste Glied in der Kette hielt. Mit ihm konnte er allerdings nur über den Dolmetscher reden.

„Warum habt ihr den Arm abgesägt?"

„Das waren wir nicht."

„Wie ist es dann passiert?"

„Wir hatten das Auto in einem Versteck abgestellt. Einer alten Garage. Da muss wohl einer eingebrochen sein und hat den Arm geklaut."

„Unsinn. Das wart ihr selber. Ihr wolltet den Arm extra verkaufen."

„Nein, das stimmt nicht!"

„Ihr habt ihm dem Typen geben müssen, der euch in die Garage gelassen hat!"

„Nein, der hat nichts dafür gekriegt."

„Und wer war das?"

„Keine Ahnung. Das haben die anderen geregelt."

„Warum habt ihr überhaupt das Auto in die Garage gestellt und seid nicht gleich nach Polen gefahren?"

„Keine Ahnung. Das haben die Brüder entschieden."

„Wo habt ihr die paar Tage zugebracht, als ihr noch nicht gefahren seid?"

„Keine Ahnung, bei so einem Typen, den ich nicht kannte."

„Einem Polen?"

„Muss wohl."

„Wie hieß der?"

„Keine Ahnung. Ich habe nicht mit dem geredet."

„Und warum seid ihr dann gestern gefahren? Was hatte sich geändert?"

„Keine Ahnung. Hat Jakub so entschieden."

„Du sagst dauernd: Keine Ahnung. Warum haben die beiden dich überhaupt mit nach Bremen genommen?

„Ich bin stark. Ich bin Kreismeister im Gewichtheben. Ich sollte helfen, die Figur in den Laster zu hieven."

„Was hast du sonst noch gemacht bei dem Bruch?"

„Nichts. Ein bisschen aufgepasst, dass keiner kommt."

Nach weiteren zehn Minuten hatte Strömer genug von ‚Keine Ahnung'. Er schickte den Kraftmenschen hinaus und holte sich Mikolaj.

Das ging so ähnlich los. „Sind Sie der jüngere Bruder von Jakub Zawacki?"

„Das haben Sie ja schon in den Ausweisen gesehen."

„Sie haben den Laster gefahren?"

„Wir haben uns abgewechselt."

„Wieso haben Sie den Laster ein paar Tage abgestellt, anstatt sofort zu fahren?"

„Das hat Jakub so entschieden."

„Warum?"

Mikolaj spürte, dass er sich als Bruder nicht komplett dumm stellen konnte: „Es sollte ein bisschen Gras wachsen über die Sache."

„Und gestern? Was hat sich geändert?"

„Jakub meinte, es wäre nun Zeit."

„Immer Jakub, Jakub. Das nehme ich Ihnen nicht ab. Ihr hattet was Anderes zu tun. Also: An wen habt ihr den abgesägten Arm verkauft?"

„Waaas? Den haben wir nicht verkauft, der wurde uns geklaut."

„Wie kann das sein? Wer soll denn von dem Versteck gewusst haben?"

„Das wüsste ich selber gern."

„Wem gehört die Garage?"

Mikolaj zögerte einen Moment. Hatte Jan geredet? „Die hat Jakub organisiert."

„Von wem?"

Wieder stutzte Mikolaj. Sollte Jan noch mehr verraten haben? „Da müssen Sie Jakub fragen."

Strömer bluffte: „Sie haben die paar Tage bei einem Bekannten zugebracht, einem Polen. Hat er dafür den Arm bekommen, als Bezahlung?"

„Nein, Quatsch! Der Arm wurde geklaut! Aleksander hat gar nichts bekommen."

Mikolaj zuckte sichtlich. Er hatte sich verplappert.

„Aleksander wie?" hakte der Kommissar nach.

„Keine Ahnung. Ich sage jetzt gar nichts mehr."

Strömer schmunzelte. Jetzt würde Jakub nicht umhin-
können, Namen und Adresse dieses Aleksander preis-
zugeben. Vermutlich der Kontaktmann vor Ort.

So war es dann auch, als Strömer sich Jakub als Letzten des Trios vornahm. Jakub wollte mauern, merkte
aber, dass seine Kumpels schon zu viel geredet hatten. Aleksander sei ein Pole, den er aus seiner Heimat
kenne. Er habe sie bei sich schlafen lassen, aus Ge-
fälligkeit. Nein, von der Aktion mit der Figur habe der
nichts erfahren.

„Aber dem gehört doch die Garage!"

„Welche Garage?"

„Tun Sie nicht so. Wir wissen von Ihren Kumpels, dass
das Auto die paar Tage in einer Garage stand."

„Gut. Aber die gehörte nicht Aleksander."

„Sondern wem?"

Hier erzählte Jakub verschwommen von einem anonymen Gesprächspartner, den sie irgendwie aus dem
Internet kannten. Der habe ihnen, ohne groß zu fragen, den Tipp gegeben: eine uralte Garage auf einer
Industriebrache, die kein Mensch mehr benutzt.

„Wie kamen Sie an den Schlüssel?"

„Der lag versteckt bei der Garage."

„Warum seid ihr nicht sofort gefahren? Das wäre doch
sicherer gewesen!"

„Es sollte ein bisschen Gras über die Sache wachsen."

Das klang abgesprochen, da scheint im Moment kein
Durchkommen zu sein. Ansonsten erzählte Jakub Zawacki den Hergang so, dass der Kommissar den Eindruck hatte, es mehr oder weniger mit der Wahrheit
zu tun zu haben.

Auch bei der Frage nach dem abgesägten Arm sagte Jakub nichts anders als seine Genossen: Keine Ahnung, wer das war, und wir haben niemanden damit bezahlt.

„Aber dann muss doch dieser anonyme Typ, den ich Ihnen sowieso nicht glaube, den Arm abgesägt haben! Es wusste ja sonst niemand von dem Versteck!"

Achselzucken.

Es war kein Problem, den Haftrichter von der Eindeutigkeit der Beweise und von der Fluchtgefahr zu überzeugen. Die drei konnten in Untersuchungshaft behalten werden.

Der junge Mann schlief bis in den Nachmittag. Es war der beste, der erholsamste Schlaf seit vielen Monaten.

Er wurde wach, weil Percy knurrte. Er blieb noch einen Moment liegen, um zu sich zu kommen. Sofort schlich sich langsam, aber unaufhaltsam der innere Druck wieder in seine Brust.

# Achtes Kapitel

## *Aus zwei Fällen wird einer*

Kaum hatte Dobrinski am nächsten Morgen sehr zeitig sein Büro betreten, sah er den Anrufbeantworter blinken. Die Nummer vom Doc! Gestern um Mitternacht! Im Sprachspeicher nur eine Rückrufbitte.

Also rief er an: „Moin, Doc! Seit wann arbeiten Sie auch nachts?"

„Weil ich tagsüber bei Gericht gefragt bin, und weil ich eure Leiche nicht verkommen lassen wollte", erwiderte der Pathologe leicht beleidigt.

„Und was hat Ihnen diese Leiche zu so später Stunde erzählt?"

„Ich habe noch alle möglichen Untersuchungen durchgeführt. Es gab eine Überraschung: Bronzepartikel in der Wunde. Ganz winzige Abreibungen! Die müssen von der Tatwaffe stammen."

„Bronzepartikel", erwiderte Dobrinski unsicher, „wie muss ich mir das vorstellen?"

„Die Wucht des Schlages war so groß", dozierte der Mediziner, „dass es zum direkten Kontakt zwischen dem Material und dem Schädelknochen kam. Der ist sehr hart, da kann schon etwas von einem Metall wie Bronze abgerieben werden."

Mit dieser für seine Verhältnisse fast schon üppigen Information unterstrich der Doc seine genaue Arbeit. Dobrinski bedankte sich.

Anschließend ergingen sich die beiden in Spekulationen, welche bronzenen Gegenstände schwer, stumpf und doch wohlgeformt sind und deshalb als Tatwaffe in Frage kommen könnten. Kirchliche Instrumente, ein Leuchter zum Beispiel? Ein Weihrauchkessel an einer Kette, schwungvoll zugeschlagen?

„Zu dünn, so ein Kessel", rief der Doc, der sich offenbar mit katholischen Ritualgegenständen auskannte.

„Aber ein handfester Kandelaber, so heißen die wohl, könnte es sein, oder?", meinte der Kommissar. „Ich werde Robert Müller bitten, diese Bronzepartikel einmal näher zu untersuchen. Vielleicht findet er Spuren, die uns die Herkunft verraten."

Dobrinski beauftragte einen Mitarbeiter, die Akten durchzugehen, ob irgendwo ein solches Gerät als gestohlen gemeldet war.

Dann lehnte er sich zurück. Bronzepartikel! Schon wieder Bronze! Wie war das noch? Da war diese gestohlene Statue, und zwar ebenfalls in Vegesack! Vielleicht Zufall, vielleicht ein verblüffender Zusammenhang. Er musste dringend Müller erwischen, damit er die Partikel untersucht, die der Doc gefunden hat. Ob die Spusi wohl Proben von der Bronze hat? Oder der Bildhauer?

Der Kommissar schüttelte zweifelnd den Kopf. Auf den ersten Blick eine verquere Idee. Die Figur muss sehr groß gewesen sein, viel zu schwer, um jemanden damit zu erschlagen, aber Bronze ist Bronze.

Er schickte Nuray Polat eine Nachricht, um sie auf dem Laufenden zu halten, und wählte dann die Nummer des Spusi-Chefs. Von dem erfuhr er, dass man drei Polen mit der Figur erwischt hat. Ja, die Statue liege bei den Asservaten, ein Vergleich sei kein Problem. Na denn!

Die Kommissarin traf währenddessen in der Beilsenschen Wohnung ein, nachdem sie sich vorher dort angekündigt hatte. Sie konnte Dobrinskis Nachricht gerade noch überfliegen.

In der Wohnung wurde sie von Frau Beilsen und ihrer Tochter Janina erwartet, die gestern aus Frankfurt nach Hause geeilt war. Der Sohn saß noch im Flugzeug, er hatte so schnell keinen früheren Flug mehr bekommen.

Polat hatte mit Dobrinski vereinbart, dass sie zunächst allein, von Frau zu Frau, das Gespräch mit der Witwe des Opfers sucht. Deshalb bat sie die Tochter, sich für später zur Verfügung zu halten.

Die Kommissarin lehnte den angebotenen Kaffee ab und wartete schweigend, als sie Frau Beilsen in der Sitzgruppe gegenübersaß. Sie spürte, ihre Gesprächspartnerin würde von sich aus anfangen. Und so kam es auch.

„Ich war gestern völlig leer, wie ausgeschaltet." Jenny Beilsen sprach langsam, stockend, ihr Blick fixierte irgendetwas an der Wand hinter der Polizistin.

„Dafür habe ich volles Verständnis", sagte Polat.

„Sie werden sich wundern, dass ich nicht weine oder anderswie gefühlvoll meine Trauer zeige."

„Jeder trauert anders, Sie brauchen sich nicht zu rechtfertigen." Eine Plattitüde, dachte Polat bei diesem von ihrem Chef gelernten Standardsatz. Dennoch, er gehörte wohl in so ein Gespräch.

Sie fasste nach: „Wie erklären Sie es sich, dass Sie im Augenblick nicht weinen können?"

Die Antwort kam prompt: „Ich bin so. Kühl bis ans Herz, hat man mir schon als Kind nachgesagt. Ich habe nie den Leuten gezeigt, wie ich mich wirklich fühle. Nicht einmal meinen Eltern. Jens konnte damit umgehen. Er brachte mich zum Lachen. Er hielt meine strengen Phasen aus, meine, sagen wIr mal, depressiven Anfälle. Er lockerte ... mein Herz auf – ach, ich weiß nicht, wie ich das ausdrücken soll. Deshalb habe ich ihn immer geliebt, trotz seiner ..." Sie stockte.

Polat zögerte. Als nichts mehr kam, echote sie sacht, fast ohne Ton: „... trotz seiner ..."

Da war eine Barriere. Jenny Beilsen scheute vor einem Hindernis wie ein ängstliches Springpferd. Ihre Augen flackerten leicht.

Polat ließ viele Sekunden verstreichen. Dann startete sie einen vorsichtigen Versuch: „Frau Beilsen, Sie lieben Ihren Mann und sind solidarisch mit ihm. Das muss auch so sein. Aber wir müssen einen Mord aufklären. Sie selbst werden wissen wollen, wer das getan hat. Helfen Sie uns dabei, auch wenn Unangenehmes ausgesprochen werden muss. Gerade damit sind Sie solidarisch mit Ihrem Mann."

Und wieder ließ sie ihrem Gegenüber Zeit, dann hielt sie ihr noch eine Hilfe hin: „Es gab etwas, das nicht in dieses Bild Ihrer Ehe passte?"

Frau Beilsen schluckte. „Mein Mann war beruflich viel unterwegs. Ich wollte nicht sein wie andere Frauen, die den Terminkalender ihres Mannes genau verfolgen wollen. Das zerstört Vertrauen. Aber trotzdem ... Da waren manche Abende ... Es wurde spät, sehr spät. Wissen Sie, wir schlafen schon länger getrennt, aber ich bekomme es ja doch mit."

„Glauben Sie, er hatte eine Geliebte?", fragte die Kommissarin direkt. Es wäre nicht das erste Mal, so etwas zu hören.

„Nein, eigentlich nicht", sagte Frau Beilsen etwas zaghaft, „Ich weiß nicht wieso, aber ich war innerlich immer sicher, dass da keine zweite Frau war."

„Und doch waren da diese unklaren Abwesenheiten.
Haben Sie ihn darauf angesprochen?"

„Ganz wenig. Nur indirekt. Ich sagte ja, ich wollte
nicht die Kontrolleurin sein. Aber er hat sofort zuge-
macht, wenn ich es versucht habe."

Wieder zog Nuray innerlich an der Handbremse. Frau
Beilsen kämpfte mit sich, offenkundig. Aber die Ge-
setze der polizeilichen Ermittlung haben nun einmal
Vorrang vor dem Mitleid. Sie gab sich einen Ruck:
„Glauben Sie, dass Ihr Mann einen Freund hatte? Ich
meine, einen intimen Freund? Oder mehrere? Direkt
gefragt: War Ihr Mann vielleicht homosexuell?"

Frau Beilsen konnte darauf nicht antworten, sie
presste sogar die Lippen zusammen. Ihre Augen öff-
neten sich wie Scheunentore, jetzt unverwandt auf die
Kommissarin gerichtet, wie bittend.

Jetzt nicht weiter, dachte Polat, ein andermal ... aber
dann kam doch noch etwas: „Ich weiß gar nichts, Frau
Polat. Ich wollte nie etwas wissen. Ich hatte Angst,
alles zu zerstören."

Polat nickte ruhig und beugte sich leicht vor: „Und
vorgestern Abend, da war wieder so ein Moment, als
wäre das etwas ganz Fremdes, Unheimliches. Deshalb
haben Sie gewartet bis zum Morgen, ob er nicht doch
noch kommt. Und dann erst die Anzeige."

Frau Beilsen nickte und blickte an sich herunter.

„Sie haben also keine Ahnung, wo er an dem Abend
war, und was er in dieser Tiefgarage wollte?"

Frau Beilsen schüttelte nur den Kopf.

„Genug für heute", sagte Polat, „Ich möchte noch kurz mit ihrer Tochter sprechen."

Sofort flammte die Angst in Frau Beilsens Augen hoch: „Aber Sie sprechen …" Polat legte ihr die Hand auf den Arm: „Das, was wir eben beredet haben, erwähne ich nicht."

Das Gespräch mit Janina Beilsen war wenig ergiebig. Sie trauerte ehrlich und tief um ihren Vater. Ein bisschen hat er sie verwöhnt, mutmaßte Polat, aber er hat sie auch stark gemacht, weil er ihr viel zutraute. Papas Tochter! So ähnlich wie bei mir, dachte sie weiter. Allerdings hatte mein Vater Hasan nicht genügend Geld, um mich allzu sehr zu verwöhnen.

„Fünf Mal hast du schon verschoben!"

Nuray hörte heraus, dass ihre Freundin Meike das allmählich nicht mehr witzig fand. Das Gespräch mit Frau Beilsen hatte länger gedauert als geplant, und sie hatte die Verabredung mit Meike auf einen Kaffee vergessen. Ihre Schulfreundin saß schon im Café und rief sie an.

„Meike, wir stecken mitten in einer Mordermittlung, ich kann …"

„Das machst du jetzt nicht!", fuhr Meike dazwischen, „du sagst jetzt nicht ab! Ich bin ja geduldig wie ein Lamm, aber …"

„Ist ja gut, ich komme." Nuray spürte, dass ihr Meike genau jetzt guttat. Sie hatte immer eine klare Meinung, kritisierte sie auch, aber stand bedingungslos an ihrer Seite, wenn es darauf ankam. Und sie strahlte eine gute Stimmung aus, so etwas … Aufbauendes.

Nach diesen wenigen Gedanken stand sie schon vor dem Café, am Hintereingang, wie von Meike beschrieben. Verflixt, wie nah ist das denn von Beilsens Wohnung! Und ich wollte wieder kneifen …

Sie tauschten ein paar Neuigkeiten über gemeinsame Freundinnen aus, und dann kam Meike auf den Mord zu sprechen.

„Du weißt, ich darf dir nichts dazu sagen!", wehrte Nuray ab.

„Weiß ich doch. Aber ganz Vegesack spricht davon. Und weißt du, welches Gerücht umgeht? Der Beilsen, der steckt doch in der Projektgesellschaft drin, die auf dem Strandlustgelände bauen will. Vor allem auch Wohnungen, sechs Stockwerke hoch, da sind einige Leute sauer drauf, die regen sich furchtbar auf."

„Ja, und? Was soll das mit dem Mord zu tun haben?"

„Ja, das Gerücht sagt: Da sind ein paar Leute, die wohnen direkt dahinter, oben auf dem ansteigenden Hang. Die können dann nicht mehr die Weser sehen!"

„Und deswegen sollen sie einen Mord begehen? Ich bitte dich!"

„Na ja, die Wohnungen da oben fallen natürlich in ihrem Wert, wenn sie verbaut werden. Und eine Bekannte von mir, die im Beirat sitzt, die sagt: Als der Beirat darüber gesprochen hat und keine Mehrheit gegen die Bebauung zustande kam, da sei hinterher einer auf sie losgegangen und habe geschimpft wie ein Rohrspatz und sie regelrecht bedroht. Der Ortsamtsleiter hat den Mann rausgeschmissen."

„Ok", sagte Nuray, „ich sag da mal jetzt nichts zu, aber danke, dass du mithelfen willst. Mal sehen, ob wir damit etwas anfangen können. Aber jetzt mal ein anderes Thema", meinte sie, um dann zielgerichtet ein für Meike haariges Thema anzusprechen: ihre permanente Beziehungskrise mit ihrem Freund.

Nach einer Viertelstunde Erzählung über das Hin und Her stellten beide lachend fest, dass sich seit einem halben Jahr an der Situation nichts wirklich ändert.

Sie verabredeten sich auf ein nächstes Mal. „Wie oft darf ich verschieben?", fragte Nuray grinsend. Meike stieß sie in die Seite und nahm sie dann in den Arm.

Wieder im Büro, rief die Kommissarin den Ortsamtsleiter an und erwischte ihn am letzten Tag vor seinem Urlaub. Der kennt ja wirklich jeden in seinem Stadtteil, staunte sie, als er ihr, ohne viel nachzudenken oder gar recherchieren zu müssen, den Namen des Strandlustrandalierers nannte.

Inzwischen hatte ihr Chef – besser: ihr Kollege, der ‚Chef' war kaum noch zu spüren – seine Kontakte ins Milieu genutzt. Über diese Kontakte war er an weitere Auskunftsgeber geraten, die zum Teil ihren Namen nicht nennen wollten.

Am Ende stand für ihn fest: Diese Tiefgarage ist tatsächlich ein Homotreff der alten Schule. Dorthin fuhr man an bestimmten Tagen zu bestimmten Zeiten und wusste, wen man dort finden wird. Der ominöse Mordabend gehörte dazu.

Ob aber Jens Beilsen als bekannt galt in der Szene, oder mit wem er sich gar heimlich zu treffen pflegte, war nicht zu erfahren.

Als Nuray Polat wieder im Kommissariat eintraf, brachten sie sich auf einen gemeinsamen Stand und besprachen als Erstes die Homo-Frage. Wie kam man da weiter?

Realistisch wäre es, das gesamte Umfeld Beilsens, nicht nur die Familie, mit dieser Frage zu behelligen. War das vielleicht doch allgemein bekannt? Oder wenigstens den allerbesten Freunden? Doch welche waren das? Und: Darf man mit so einem Verdacht – und mehr war es ja nicht – einfach so an die Öffentlichkeit gehen und damit den Ruf des Toten beschädigen? Kann man der Familie das antun?

Ihre gemeinsame Antwort war: Nein.

„Also der schöne Albert", meinte Nuray verschmitzt.

„Aber Nuray!", mahnte Dobrinsky mit scherzhaft erhobenem Zeigefinger, „Nicht solche Anspielungen!"

„Naja, weiß doch jeder. Ich will ja nicht sagen, dass er schwul ist, aber er hat sowas. Jedenfalls würde er in der Szene nicht sofort auffallen. Und außerdem: Du weißt, er mag Undercover-Einsätze. Damit kann er bei seinen Kollegen angeben."

Schließlich wurde aus der Idee ein Plan. Kollege Albert sollte sich in Bremen-Nord, wo ihn kaum jemand kannte, in die Homo-Szene begeben und Konkreteres zu Beilsen herausfinden. Dobrinski griff zum Telefon.

Albert freute sich, wie erwartet, sehr über diese Möglichkeit, dem faden Arbeitsalltag zu entkommen und etwas Spannendes zu unternehmen. Mit Dobrinskis einschlägigen Informationen und ein paar eigenen Ergänzungen zog er los.

Es dauerte bis in den späten Nachmittag, als der ersehnte Anruf von Robert Müller kam. Es habe sich etwas hingezogen, der Doc habe sich geziert, er hätte ach so viele Termine, aber dann habe er die Partikel doch bekommen.

„Ja, und was ist nun?" Dieser Müller kann einen wahnsinnig machen, dachte Dobrinski.

„Alles klar. Die Legierung passt. Die Partikel in der Wunde können durchaus von der Statue stammen. Hundertprozentig lässt sich sowas natürlich niemals beweisen."

„Danke, Robert. Das ist wirklich interessant."

„Noch etwas, Kurt. Weißt du, dass ein Arm von der Figur abgesägt wurde? Von dem guten Stück fehlt bisher jede Spur."

„Wusste ich noch nicht! Das heißt: Dieser Arm könnte tatsächlich die Mordwaffe sein? Die Figur hatte ich bisher ausgeschlossen. Viel zu groß, viel zu schwer. Aber nur der Arm? Das wäre möglich."

„Genau. Das wäre möglich", echote der Spusi-Chef.

Damit waren die nächsten Schritte klar. Kollege Strömer war anzurufen. Sein Diebstahl war jetzt Teil des Mordfalls. Und die Polen, die mussten sie morgen gemeinsam in die Mangel nehmen.

Dann waren da noch der rabiate Strandlust-Gegner, die Homo-Szene – genug zu tun.

Wie so oft, wenn der Druck unerträglich wurde: Der junge Mann raffte ein paar Sachen zusammen, heute auch sein Mini-Zelt. Percy brachte er zu einer alten Nachbarin, die sich immer darauf freute, auf ihn aufzupassen. Und der Hund machte das gern mit, denn die Nachbarin hatte ganz besondere Leckerbissen …

Er packte alles aufs Fahrrad und raste davon. Dieses Mal nicht ziellos durch die Gegend, sondern mit klarer Richtung: zu einem bestimmten Ort in der Wildeshauser Geest. Dort lag, tief in einem größeren Waldstück, ein altes Steingrab aus der Bronzezeit. Er kannte diese geheimnisvolle Stelle von früher, hatte auch schon einmal dort übernachtet.

Sie strahlten Ruhe aus, diese großen alten Steine. Findlinge aus den skandinavischen Gletschern, das wusste er. Was die schon alles erlebt haben! Oft hatte er sich an sie gelehnt, sie berührt – kalt waren sie und still, aber da floss etwas hin und her, als wollten die Steine ihm etwas mitgeben von ihrer Jahrtausende alten Gelassenheit.

Dorthin zog es ihn heute, unwiderstehlich.

# Neuntes Kapitel

## *Ein Hitzkopf und heiße Dates*

Er war die perfekte Karikatur eines Hitzkopfs: Dürr, untersetzte Figur, unterstrichen durch eine gebeugte Kopfhaltung, wodurch sein Blick immer etwas Lauern- des an sich hatte. Diese physischen Nachteile muss- ten durch flammende Aggressivität ausgeglichen wer- den, wollte man sich in dieser Welt behaupten!

Diese Welt, das war in diesem Moment Nuray Polat, dahinter die gesamte Polizei, und dahinter der über- griffige Staat, der den Vegesackern – und damit ihm persönlich – nicht nur das Schulschiff weggenommen und dem Havengeburtstag die gebührende Wert- schätzung versagt hatte, sondern jetzt auch noch die Perle der Maritimen Meile an der Weser, das Hotel Strandlust, durch schnöde Wohnbebauung verhun- zen, ja ausradieren wollte.

Was man denn jetzt noch im Schilde führe!? Ob er etwa seine Meinung nicht mehr sagen dürfe!? Es sei unglaublich, ihm deswegen die Polizei auf den Hals zu hetzen! Wer das gewesen sei?

Polat musste ihm hart das Wort abschneiden, um zu erklären, warum sie da ist. „Es geht nicht um Ihre Meinung, es geht um Mord. Sie wissen, Jens Beilsen ist umgebracht worden."

„Ach, und das soll ich gewesen sein? Nur weil ich da- gegen bin, dass er sich mit dem Projekt die Taschen vollstopft? Sind Sie noch bei Trost?"

„Wir gehen jeder Möglichkeit nach. Das ist unsere Auf- gabe als Polizei."

„Sie, als Polizei sollten Sie mal die Machenschaften bei der Strandlust …"

„Stopp, jetzt rede ich", sagte die Kommissarin betont ruhig, „Wo waren Sie am vorvorletzten Abend?"

Der Befragte sprang auf. „Das ist unverschämt! Das lasse ich nicht mit mir machen!"

„Dann muss ich das erzwingen. Ich werde jetzt einen Streifenwagen rufen, und wir setzen die Befragung im Präsidium fort. Oder Sie beruhigen sich wieder und beantworten genau meine Frage." Polat hoffte auf ein Einlenken, denn sie hatte keine Lust, sich noch stundenlang mit diesem renitenten Typen abzugeben.

Nach weiterem Sträuben kam endlich die erwünschte Antwort. Er sei bei einem Konzert gewesen, im sogenannten Kulturbahnhof in Vegesack. Er nannte ein paar Namen von Personen, die ihn dort gesehen haben könnten. Es sei spät geworden, er habe noch mit der Band geschnackt, weil er den Drummer von früher kannte.

Polat notierte sich alles. „Wir werden das nachprüfen." Mit diesem Satz verließ sie grußlos die unangenehme Unterredung.

Albert rief an. Nach einem bewegten Abend in einer bestimmten Kneipe im Norden hatte er tatsächlich schon Ergebnisse!

„Hast du den Abend unversehrt überstanden?", frotzelte Dobrinski.

„Äußerlich heil und jungfräulich, innerlich mit erheblichen seelischen Schäden, die eine Zulage rechtfertigen", kam es zurück.

„Spaß beiseite, was hast du?"

„Ich habe die klare Gewissheit, dass die Tiefgarage unter dem Sedanplatz der angesagteste heimliche

Homotreff in ganz Bremen-Nord ist. Mein Schwulen-Image wäre fast zum Teufel gewesen, als ich behauptet habe, das nicht zu wissen."

„Gut, und was noch?"

„Wenn ich mit dem Namen Jens Beilsen kam, gab es verlegene Blicke, Herumstottern, oder das große Schweigen. Omertá. Dann fand ich einen Typen, der war redselig, knapp bei Kasse, und er stand auf Gin Tonic. Diese Kombination habe ich ein bisschen ausgenutzt."

„Mach's nicht so spannend", brummte Dobrinski ins Telefon, „wir wissen ja, was für ein Spürhund du bist."

„Also mit der Zeit, so hinter vorgehaltener Hand, hat er gequatscht. Beilsen gehörte zur Szene, er hat aber viel dafür getan, dass das nicht bekannt wurde, wegen Familie, öffentliche Person und so. Damit das allen klar ist, war er großzügig. Jeder wusste: Wenn ich das Maul halte, lohnt sich das für mich, bei Kleinigkeiten, aber auch größeren Diensten."

„Was soll das heißen?"

„Naja, intime Dates hat er gut bezahlt, aber man durfte nicht darüber reden. Manchmal sickerte eben doch was durch."

„Wusste er irgendwas über den Abend, als Beilsen erschlagen wurde?

„Er sagte: Wenn er an dem Abend dort war, dann war er auch verabredet. Warum sollte er sonst dort sein?"

„Das hört sich so an, als hätte er doch gemauert!", ärgerte sich der Kommissar. „Einen Namen hat er nicht genannt!?"

„Abwarten. Ich bin dann mit ihm losgezogen, in eine andere Kneipe. Ich wollte aus der Szene raus."

„Da hat er wohl gedacht, du wolltest mehr von ihm?"

„Vielleicht. War mir egal. Es hat mich noch einige Gin Tonic gekostet …"

„Spesen", warf Dobrinski ein.

„Er war ziemlich benebelt. Ich habe dann hintenrum gefragt, auf welchen Typen der Beilsen stand und so. Und da rutschte ihm ein Name raus. Das war wohl der aktuelle Favorit."

Dobrinski notierte sich den Namen, Tom Ludewig. „Prima Arbeit. Hast einen gut bei mir. Noch was?"

Albert verneinte, aber er wollte auf Spesen in eine Wäscherei: „Kurt, meine Klamotten riechen komplett nach Gin Tonic!" „Okay", grinste der Kommissar, „ich schau mal."

Kaum hatte er aufgelegt, lief er rüber zur Soko. Sie sollten alles über diesen Tom herausfinden.

Beim Mittagessen hockten Kurt Dobrinski und Nuray Polat von der Mordkommission sowie der für schwere Diebstähle zuständige Kommissar Lars Strömer und sein Assistent Jo Flietz zusammen und entwickelten eine Strategie für die Vernehmung der drei Polen, zu denen sie auch noch ihren Kumpel und Gastgeber Aleksander gesellten.

Sie wollten sich einzeln auf das Quartett verteilen, parallel vernehmen und durch den Verweis auf den Mord, die Mordwaffe und ihre mögliche Täterschaft größtmöglichen Druck aufbauen. Dann wollten sie regelmäßig unterbrechen, sich absprechen und mit den Vernehmungen fortfahren.

Da keiner einen Rechtsanwalt verlangte – offenbar waren sie sich ihrer Sache sicher –, konnten sie zügig beginnen. Strömer nahm sich Jakub vor, Dobrinski saß bei Mikolaj, Flietz und der Dolmetscher vernahmen Jan, und Nuray war Aleksander zugeteilt.

Das Gespräch mit Jan brachte gar nichts. Der junge Pole verhielt sich weiter wie ein großes Kind, wusste nichts, war in nichts einbezogen und konnte zu den Themen verlängerter Aufenthalt, Garage und abgesägter Arm nichts beitragen. Nach dem ersten Zwischentreff schickte Jo seinen Jan zurück in die U-Haft und betätigte sich danach als wechselnder Zuhörer bei den anderen Vernehmungen.

Nuray hatte mit Aleksander ein geradezu nettes Gespräch. Der Pole erwies sich als Schlitzohr. Er legte mit seinem gepflegten slawischen Akzent, dabei aber ziemlich gekonnten Deutsch eine Charmeoffensive aufs Parkett. Nuray ließ sich jedoch nicht einwickeln.

Als sie seinen Redefluss durch eine scharfe Nachfrage unterlief, kam er zur Sache. Offensichtlich hatte er begriffen, dass er aufpassen musste, seinen Job in der Werft nicht zu gefährden, und dass deshalb Kooperation angesagt war.

Ja, eigentlich sollte der Aufenthalt kürzer sein. Nach dem Bruch ausgiebig schlafen, aber dann ab in die Heimat. Er hatte jedoch, um Jakub und Mikolaj eine Freude zu machen, noch eine kleine Party mit ein paar Mädchen organisiert, und da hätten sich Jakub und Mikolaj ein bisschen sehr angefreundet und hätten noch eine Nacht drangehängt, und noch eine, und erst dann ging es los.

Von dem abgesägten Arm habe er nichts erfahren, rein gar nichts – Nuray konnte fragen, direkt und indirekt, wie sie wollte. Von der Garage hätten die Brüder erzählt, ja. Aber der Tipp sei nicht von ihm gekommen, und er habe auch nicht gewusst, wo sich diese Garage befand. Und nein, er habe nichts für seine Gastfreundschaft genommen, wirklich nicht. Jakub sei halt ein alter Kumpel von ihm, da helfe man sich gegenseitig.

„Aber den Hinweis auf die Figur, den haben die Brüder von Ihnen bekommen!", ließ Nuray nicht locker, „schließlich sind Sie ja schon eine Zeit in Vegesack."

Auch hier ließ sich Aleksander nicht aufs Glatteis führen. „Wissen Sie, wir telefonieren immer wieder mal miteinander. Sie erzählen mir von der Heimat, und ich erzähle, was sich hier so abspielt. Und da habe ich wahrscheinlich mal diese neue Statue erwähnt. Einfach so, wissen Sie."

„Und Sie geben uns Ihr Handy, damit wir untersuchen können, ob Sie nicht doch Bilder geschickt haben?"

„Selbstverständlich", sagte der Pole unbeeindruckt, weil er wusste, dass der entsprechende Chat gründlich gelöscht war, auf beiden Handys. „Leider habe ich es zu Hause. Aber ich kann es jemandem geben, den Sie schicken."

In der Zwischenbesprechung wurde vereinbart, dass Nuray die Vernehmung weiterführt, um Aleksander keine Gelegenheit zu geben, an seinem Handy zu arbeiten. Sie sollte testen, ob der Pole irgendwelche Verbindungen zu Beilsen oder zur Homo-Szene hatte.

Vorher, in der ersten Runde, hatten Strömer und Dobrinski gegenüber Jakub und Mikolaj parallel die scharfe Tour geritten. Sie seien die Hauptverdächtigen, sie hätten die Figur gehabt, also auch den Arm, das Mordwerkzeug.

„Wenn Sie jetzt die volle Wahrheit sagen und kooperieren, wird Ihnen das im Prozess nützen. Also: Warum Beilsen? Hatte er Sie entdeckt? Hat er Ihnen gedroht? Warum musste er dran glauben?"

Beide Kommissare berichteten von einer heftigen, abwehrenden Reaktion der beiden Brüder. „Das waren wir nicht! Wir kennen diesen Beilsen überhaupt nicht! Selbst wenn er uns beobachtet und unter Druck gesetzt hätte: Wir wären doch sofort abgehauen! Ein Mord? Um Gottes Willen, wozu denn?"

„Wir werden Fingerabdrücke von Ihnen auf dem Arm finden!", blufften Dobrinski und Strömer absprachegemäß. Leider fehlte ihnen dafür noch das gute Stück.

„Natürlich werden Sie das. Wir haben die Figur ja alle angefasst, überall. Jan auch. Das beweist gar nichts."

„Mal sehen, was Jan sagt, und was Ihr Bruder sagt."

Nach dieser nebulösen Anspielung steuerten die Kommissare auf ihr eigentliches Ziel zu: „Wer hatte noch Zugang zur Garage? Solange Sie uns das nicht sagen, müssen wir davon ausgehen, dass nur Sie an diesen Arm kommen konnten."

Als sich Mikolaj wieder hinter Jakub verstecken wollte und dieser wieder auf seinen anonymen telefonischen Tippgeber verwies, platzte den beiden Polizisten synchron der Kragen. Sie sprangen auf und herrschten ihre Kontrahenten an: „Jetzt hören Sie auf mit dem Theaterspielen! Sie wissen genau, wer Ihnen die Garage genannt hat! Und wenn Sie aus der Mordsache rauswollen, dann sagen Sie das jetzt!"

Mikolaj schwieg einfach, aber Jakub dachte kurz nach und knickte dann ein. Warum sollte er diesen windigen Typen schützen und sich selbst in Schwierigkeiten bringen?

„Es war ein Mitarbeiter von der Installationsfirma. Die also die Statue aufgestellt haben."

„Hat der auch einen Namen?", beharrte Strömer.

„Sören. So hieß er, glaube ich."

Also doch, dachte der Kommissar. Der Spieler, der ein bisschen zu selbstbewusst aufgetreten war. Und der notorisch klamm ist.

„Hat er euch auch verraten, wie sie die Figur befestigt haben?"

„Ja, aber ..."

„Was ‚aber'?"

Jakub schluckte den Rest runter. Er wollte sagen, dass sie das schon so ungefähr wussten, aber das hätte den Kommissar vielleicht auf die Parallele zum Bruch in Berlin gebracht. Deshalb beschränkte er sich auf Kopfschütteln und ein „Ach, nichts weiter."

Auch gut, dachte Strömer, wird sich zeigen. „Habt ihr ihm Geld gegeben?"

„Er hat ein paar Hunderter gekriegt."

„Also war es nicht nur ein Telefonat, ihr habt ihn getroffen." Jakub nickte.

„Wo steht die Garage?" Auch diese Information rückte Jakub heraus – wozu sollte er das verschweigen?

Jetzt war es Zeit für die erwähnte Zwischenbesprechung. Die vier Polizisten kamen schnell überein, dass kein vernünftiges Argument auf der Hand lag, warum die Polen Beilsen erschlagen haben sollten. Wahrscheinlich haben sie ihn überhaupt nicht gekannt. Trotzdem sollte Nuray, wie erwähnt, dies bei Aleksander weiter testen. Auch bei den Brüdern wollten sie nachbohren, ob es nicht doch eine Verbindung zu dem Geschäftsmann gab.

Außerdem war da noch zu klären, wer sie auf Sören aufmerksam gemacht hat.

Bei alldem kam nichts mehr heraus. Niemand wusste mit dem Namen Beilsen etwas anzufangen. Bei Sören errichtete Jakub allerdings das nächste Mäuerchen. Er habe von dieser Firma gewusst, habe einfach dort angerufen und sei an diesen Sören geraten.

„Bullshit!", sagte Strömer, aber Jakub blieb dabei.

Nur Aleksander kann sie auf diesen Sören gebracht haben, darin war sich die Runde hinterher einig. Offenbar wollten die Polen ihren Gastgeber so lange wie möglich schützen.

„Wir werden sehen", meinte Strömer zu seinen Kollegen von der Mordkommission, „was dieser Sören dazu sagt. Wenn das alles so stimmt, ist er bei dem Diebstahl Tatbeteiligter und Nutznießer. Aber in eurem Fall ist er jetzt der Hauptverdächtige, oder?"

„Vergiss den Sexpartner nicht", warf Dobrinski ein, „und den Strandlustkämpfer."

„Okay, die auch. Vielleicht findet ihr bei einem von den dreien ein anständiges Motiv. Ich wünsche euch jedenfalls viel Glück."

Ben Vogelsang brütete an seinem Laptop. Soll ich das bringen? Sein Instinkt sagte ihm, dass er morgen in der Norddeutschen wieder präsent sein müsste mit dem Mordthema.

Die neuere Entwicklung, also die Recherchen im Bereich Homosexualität und die verschärfte Vernehmung der Polen, war Ben Vogelsang natürlich noch nicht bekannt. Er hatte jedoch, wie es sich für einen gewieften Journalisten gehört, seinen festen Draht zum Ortsamtsleiter und diesen angerufen, um allgemein nach Neuigkeiten zu fragen. Er erwischte ihn am Autotelefon.

„Nicht mal auf meiner Fahrt in den Urlaub lasst ihr Zecken mich in Ruhe!", knurrte Blumberg, ließ sich dann aber doch auf das Gespräch ein. Warum soll ich diesen unangenehmen Zeitgenossen schützen, fragte er sich und verriet dem Journalisten, dass die Polizei von ihm den Namen jenes Strandlustaktivisten haben wollte. „Der ist dir ja auch ein Begriff!", meinte Blumberg und fügte, wie bei solchen Gesprächen üblich, hinzu: „Das hast du aber nicht von mir!"

Also schrieb Ben einen vorsichtigen Artikel, dass jetzt auch im Bereich der Gegner der Strandlustbebauung ermittelt würde. Die meisten, so Vogelsang, seien zwar honorige Leute mit vernünftigen Argumenten, aber es gebe wohl auch Krawallmacher darunter.

Natürlich nannte der Artikel keine Namen, aber wer sich in der Szene auskannte, konnte sich seinen Teil denken. Jedoch: ein Mord? Das, so Vogelsang, sei natürlich eine sehr steile These, aber professionelle Ermittler müssten halt jedem nur denkbaren Verdacht nachgehen.

Dazu gab ihm der Chef noch Platz für einen kleinen Kommentar über die Verrohung der Sitten im Umgang mit politischen Gegnern, sogar im lokalen Raum, sogar im beschaulichen Vegesack.

Gerade hatte er Artikel und Kommentar zur Redaktion geschickt, da ploppte eine WhatsApp von Björk auf, einschließlich Selfie von ihr. Sie saß mit wehenden blonden Haaren im Bikini auf einem Handtuch, um sie herum einer dieser isländischen Strände aus feinster schwarzer Lavaasche. Sie sprühte lachend vor Leben.

Da gab es in seiner Phantasie keine vernunftgemäße Begrenzung der Sitten.

Hatten die alten, weisen Steine in der Wildeshauser Geest sein Gemüt beruhigt? Vor Ort ja, und ein wenig von dieser Besänftigung hatte der junge Mann auf der Tour zurück nach Hause retten können. Aber der Druck stieg wieder an.

Nach einem bescheidenen Abendbrot zusammen mit Percy lud er, wie immer, die digitale Vorabfassung der Norddeutschen von morgen herunter. Als er las, was Vogelsang zur Strandlustthese beim Mord an Beilsen schrieb, kehrte mit der Erinnerung an die Steine auch deren gelassene Ruhe wieder zurück.

Fast belustigt stellte er fest, dass er innerlich nicht litt, sondern ihn so etwas wie Unternehmenslust befiel. Er holte sich Schere und Klebstoff, zerrte tief aus einem Stapel einige alte Zeitungen hervor, setzte sich an den Tisch und begann, Buchstaben und Textstücke auszuschneiden und auf einem weißen DIN A4-Blatt zusammenzukleben.

Das Ergebnis missfiel ihm, aber nach drei, vier weiteren Versuchen war er zufrieden.

# Zehntes Kapitel

## *Fährtensuche*

Einige der angegebenen Kontakte hatte Polat gestern Abend noch abgeklappert. Gleich heute Morgen kamen stichprobenartig ein paar dazu. Das Ergebnis war klar: Der lautstarke Strandlustaktivist war an dem fraglichen Abend tatsächlich im Kulturbahnhof. Mit einer Ausnahme hatten ihn alle Befragten mindestens gesehen, wenn nicht sogar gesprochen. Und da sich diese Kontakte über den ganzen Abend verteilten, gab es auch keine verdächtige Lücke im Alibi.

Der Hitzkopf war also raus. Eigentlich hatte Polat damit gerechnet. Das Motiv war einfach zu schwach. Zuschlagen im Affekt, vielleicht. Aber Auflauern in einer Tiefgarage, mit einem voluminösen Mordwerkzeug in der Hand?

Aus diesen Gedanken schrak sie hoch, als Dobrinski in ihr Büro platzte.

„Hast du das gelesen?" Erregt warf er die heutige Norddeutsche auf den Tisch. „Wer hat da gequatscht? Wo haben wir eine undichte Stelle? Ich will keinen politischen Ärger. Wir müssen in Ruhe unserer Arbeit nachgehen können."

Nuray überflog den Artikel und zählte rasch eins und eins zusammen. „Ich war's nicht. Du ja wohl auch nicht. Jemand aus der Soko?"

„Unwahrscheinlich. Wen sollte dieser Redakteur kennen? Da ist keiner aus Bremen-Nord. Trotzdem, wir müssen das beobachten, falls das nochmal passiert."

„Dem Typ selber traue ich es zu, dass er den Journalisten angerufen hat. Publicity für seine Sache, egal wie. Und noch einer wusste es: der Ortsamtsleiter."

Dobrinski griff schon zum Telefon, wählte aber dann doch keine Nummer. „Was soll's", meinte er, „ein Streit darüber lohnt sich nicht. Wir müssen kurz an die Redaktion geben, dass sich der Verdacht nicht erhärtet hat."

„Mach ich", sagte Nuray. Sie hatte in der Sache ermittelt, also fühlte sie sich verpflichtet.

Als die Mail raus war, setzte sie sich ins Auto und fuhr zu dem Mann, mit dem sich Beilsen, Alberts Recherchen zufolge, in der Tiefgarage treffen wollte oder getroffen hat.

Ohne es zu wollen, fand Nuray Polat ihren Gesprächspartner auf Anhieb sympathisch. Tom Ludewig entsprach genau dem positiven Teil ihres Schwulenklischees. Er sah gut aus, war nicht nur ordentlich, sondern irgendwie fein gekleidet, aber auch nicht übertrieben: ruhige, harmonierende Pastelltöne, farbenfreudig, aber keineswegs schrill. Dazu freundlich, aufmerksam und zugewandt. Um die dreißig?

Nuray fühlte sich wohl in seiner Gegenwart. Sie musste sich in Erinnerung rufen, dass sie mit einem Mordverdächtigen sprach.

„Herr Ludewig", begann sie, „es geht um den Mord an Herrn Beilsen. Sie haben davon gehört oder gelesen."

Was veränderte sich in seinem Gesicht? War das Verdunkelung, Trauer? Oder Verhärtung?

Er nickte nur.

„Sie haben ihn gekannt?"

„Flüchtig. Er war ja eine bekannte Persönlichkeit in Bremen-Nord", erwiderte er.

Aha, er lässt die Jalousie herunter, dachte Polat. Also muss ich es direkt ansprechen. „Jemand hat uns erzählt, Sie und Beilsen hätten eine Beziehung. Eine homoerotische Beziehung." Ein bisschen schmunzelte sie über sich selbst, weil sie in dieser aparten Gesprächsstimmung das Wort ‚homosexuell' nicht über die Lippen brachte.

„Wer hat das gesagt?", fragte Ludewig ruhig.

„Über den Hintergrund unserer Ermittlungen darf ich nicht sprechen. Aber es war glaubhaft."

„Da muss Ihr Hintergrund sich irren", sagte Ludewig. „Ich will nicht leugnen, dass ich homosexuell bin. Wozu auch? Das ist heutzutage normal und akzeptiert. Aber Beilsen mein Partner? Nein."

Die Kommissarin suchte nach einem Weg, ihn aus der Reserve zu locken, aber sie fand keinen. Also griff sie auf die Routine der Polizeiarbeit zurück: „Wo waren Sie vor vier Tagen am Abend?"

Ludewig stockte und stützte den Kopf auf seine Handfläche. Überlegt er, dachte Polat, oder tut er nur so?

„Da muss ich meinen Kalender konsultieren", sprach er, holte sein Handy aus der Küche und tippte darauf herum. „Da war ich zu Hause", war schließlich seine lapidare Auskunft.

„Kann das jemand bezeugen?"

„Nein, natürlich nicht."

„Was haben Sie zu Hause gemacht? Ferngesehen vielleicht?", setzte Polat nach.

Ehe Ludewig antwortete, schaute er sie einen Moment scharf an. War er leicht verärgert, oder war das aufgesetzt? Schließlich sagte er: „Ich habe gelesen. Den neuen Roman von Paul Auster, Baumgartner. Kennen Sie ihn? Ein großartiges Buch!"

Polat musste verneinen.

Aber Ludewig setzte nach: „Hören Sie, was soll das hier? Haben Sie mich im Verdacht, Herrn Beilsen umgebracht zu haben? So klingt Ihre Verhörmethode. Wenn das so ist, dann sagen Sie es. Dann steht es mir zu, mir einen Anwalt zu Hilfe zu holen."

Nuray Polat holte tief Luft. Zum ersten Mal seit längerer Zeit fühlte sie sich bei einer Vernehmung in der Defensive. Flucht nach vorne? Offenheit! Diesem Gesprächspartner gegenüber, in dieser Situation, wo Druck wahrscheinlich keinerlei Erfolg brachte, war eine Beschreibung der Situation, verbunden mit einem Appell, die adäquate Lösung.

„Herr Ludewig", sie beugte sich auf ihrem Designerstuhl ein wenig vor, „ich will ganz offen mit Ihnen reden. Wir haben einen starken Hinweis, dass Sie eine Beziehung zu Herrn Beilsen hatten. Wie intensiv und regelmäßig, können wir nur vermuten. Der Hinweis beinhaltet außerdem, dass Sie an genau diesem Abend mit ihm in der Tiefgarage verabredet waren. Das heißt für uns: Sie waren vor Ort, Sie hatten die Gelegenheit."

Tom Ludewig hörte aufmerksam zu und ließ sich nichts anmerken.

„Weiter ganz offen gesprochen", fuhr Polat fort, „wir sehen noch kein Motiv und wissen nicht, was die Mordwaffe, die uns bekannt ist, mit Ihnen zu tun haben könnte. Deshalb mag es auch ganz anders gewesen sein. Vielleicht waren Sie vor Ort, und jemand anders hat den Mord begangen. Dann sind Sie für uns der wichtigste Zeuge, den man sich denken kann. In dem Fall brauchen wir Ihre Mithilfe. Wenn Beilsen tatsächlich Ihr Freund war, dann sind Sie es ihm schuldig, uns bei der Aufklärung des Mordes zu helfen."

Polat versuchte zu erspähen, wie diese Worte auf ihn wirkten, aber er hatte sein Mienenspiel im Griff. Sie überlegte kurz, ob sie in ihrer Offenheit noch einen Schritt weitergehen konnte, und setzte dann alles auf eine Karte: „Wir wissen, dass Beilsen allerhöchsten Wert darauf legte, dass seine Homosexualität nicht bekannt wurde. Ich gehe davon aus, dass Sie dies auch jetzt noch respektieren möchten. Deshalb sagen Sie nichts. Aber das macht Sie selbst höchst verdächtig, und es hilft Beilsen überhaupt nicht mehr."

Wieder keine Reaktion. Aber das muss doch in ihm Wirkung zeigen!, dachte die Kommissarin. Vielleicht muss er in Ruhe nachdenken. Ihr kam ein Einfall: „Ich möchte Ihnen Zeit geben, um über die Situation nachzudenken. Bitte rufen Sie mich an, wenn Sie das Gespräch weiterführen wollen. Heute Nachmittag zum Beispiel würde es gehen."

Freundlich-zugewandt war Nuray empfangen worden, freundlich-schweigsam wurde sie verabschiedet. Das muss kein schlechtes Zeichen sein, sagte sie sich.

Etwa zur gleichen Zeit empfing Kommissar Dobrinski einen ausführlichen Bericht der Spurensicherung.

Der Transporter und, was jetzt auch möglich war, die Garage wurden gründlich untersucht. Es war eindeutig: jede Menge Bronzestaub. Der da gesägt hatte, gab sich keine Mühe, das zu verschleiern. Aber wer? Es gab Fingerabdrücke von verschiedensten Personen – von den Polen natürlich, aber auch eine Reihe andere. Von keinem gab es ein Match mit einem polizeilich gespeicherten Abdruck.

Robert Müller machte es wieder einmal spannend: „Aber wir haben einen neuen Hinweis aus der Tiefgarage!" Er zog die Pause nach diesem Satz so lange hin, dass Dobrinski zu seinem Ärger gezwungen war nachzufragen: „Und welchen? Nun sag schon!"

„Mehrere identische Schuhabdrücke in der Nähe des Fundorts der Leiche. Zwei davon prägnant und charakteristisch: Da hat jemand einen Ausfallschritt gemacht und sich in den Boden gestemmt. Genau so, wie man es macht, wenn man kräftig ausholen und zuschlagen will."

„Aha", rief der Kommissar, „und die Abdrücke in der Garage?"

„Genau, Kurt. Habe ich auch sofort gedacht. Und siehe da: Einer ist identisch. Genau der mit dem Ausfallschritt. Der war ausgiebig in der Garage und am Tatort."

Es fiel ihm nicht leicht, aber Dobrinski rang sich ein Lob ab: „Gute Arbeit, Robert!" Er sprang auf. „Also", rief er lebhaft, „alle Schuhe her von allen Verdächtigen, den Polen, dem Sexpartner, Frau Beilsen, obwohl ich das nicht zusammenreimen könnte, ja, und dem Strandlustaktivisten, auch wenn der vielleicht raus ist, und jetzt noch von einem Mitarbeiter der Installationsfirma, Sören heißt er, ich sage dir noch Genaues."

„Schon in Arbeit", rief Müller übertrieben laut beim Hinausgehen.

Gleich im Anschluss rief Dobrinski bei der Installationsfirma an. Ja, Sören sei anwesend. Vor dem Eingang traf er sich mit Kollegin Polat. Dieser junge Mitarbeiter war jetzt hochverdächtig, da kam es beim Verhör auf Geschick und gute Beobachtung an.

Sören saß schon in der hinteren Werkstatt, die quasi zum firmeninternen ‚Vernehmungsraum' geworden war. Breitbeinig fläzte er sich auf einen großen Stuhl und sah das Kommissarenpaar herausfordernd an.

„Wenn Sie so sitzen und gucken", begann Polat, „dann wissen erfahrene Polizisten sofort, dass Sie etwas zu verbergen haben."

„Wie soll ich denn sitzen?", kam die Antwort, aber der Kommissarin entging nicht, dass er sich eine Spur zusammennahm.

„Wie Sie sitzen, ist mir eigentlich egal", übernahm Dobrinski, „Sie sollen sagen, was Sie wissen."

„Was weiß ich denn?", half sich Sören wieder mit einer Gegenfrage.

Jetzt griff sich der Kommissar auch einen Stuhl, setzte sich dem Mechaniker gegenüber und bedachte ihn mit einem seiner durchbohrenden Blicke.

„Hör mal, Junge", sagte er in beinahe väterlichem Ton, „die Polen haben uns einiges erzählt. Da kommst du auch drin vor, an einer ziemlich wichtigen Stelle. Bisher hat der Kollege Strömer mit dir gesprochen. Da ging es um Beihilfe bei einem Diebstahl. Wir …", er machte eine Kunstpause und zeigte auf Polat, ohne ihn aus den Augen zu verlieren, „wir sind die Mordkommission. Wenn wir einen Fall aufklären müssen, können wir sehr hartnäckig sein. Wir können sogar jemanden in Untersuchungshaft nehmen, der uns nicht das erzählt, was er erzählen könnte."

Sören schwieg weiter, konnte aber den Kampf mit den Blicken nicht durchhalten. Er senkte die Augen.

„Neue Frage, neue Chance. Wo warst du vor vier Tagen am Abend, genauer: am späten Abend."

„Sowas wollten die wegen des Diebstahls auch schon wissen. Das nervt."

„Wir können noch viel mehr nerven. Also wo?"

„Keine Ahnung. Bei meiner Freundin wahrscheinlich."

„Wir wollen das überprüfen. Name, Telefonnummer, Adresse?"

„Das wissen Sie doch schon." Widerwillig zählte Sören das Gewünschte auf.

„Also", fuhr Dobrinski fort, „wir werden jetzt mit dir ins Präsidium fahren. Dort machen wir Mittagspause, wir essen in der Kantine, und du isst in einer Zelle, die du bei der Gelegenheit schon einmal kennenlernen kannst. Und du kannst ein bisschen nachdenken. Und anschließend machen wir ein offizielles Verhör. Es geht um einen Mord, und du bist einer der Verdächtigen. Deshalb kannst du, wenn du willst, einen Rechtsanwalt anrufen oder einen gestellt bekommen."

Sören holte Luft, aber der Kommissar stand abrupt auf und machte dadurch klar, dass die Unterredung beendet war. Sören protestierte nicht, als er zum Dienstwagen folgen sollte, und sagte auch nach der Ankunft im Präsidium und beim Gang in die Untersuchungszelle erst einmal nichts.

Dobrinski und Polat kamen nicht sofort dazu, in die Kantine zu gehen. Ein Zettel hielt sie auf, genauer: das Foto von einem Zettel, per Mailanhang geschickt von einer Mitarbeiterin des Ortsamtsleiters, als dessen Urlaubsvertreterin.

„Dieser Zettel steckte heute Vormittag in unserem Briefkasten", schrieb sie als Begleittext. „Uns war klar, dass er etwas mit dem Mord an Beilsen zu tun hat. Das Original kann im Ortsamt abgeholt werden."

Die Botschaft auf dem Zettel war aus Buchstaben- und Wortschnipseln zusammengeklebt: „So geht es den Befürwortern der Strandlustbebauung!!!"

„Drei Ausrufezeichen", murmelte Dobrinski.

„Das soll den Verdacht auf die Strandlustaktivisten lenken", analysierte Polat, „ziemlich platt und offensichtlich. Könnte sogar vom Täter stammen."

„Klar", meinte der Kommissar. „da hat jemand gründlich die Norddeutsche von gestern gelesen. Ich schicke einen Streifenwagen zum Vegesacker Ortsamt. Die Spusi muss den Zettel sofort untersuchen."

Nachdenklich schüttelte er den Kopf. Was sollte das? So eine plumpe Spurenlegung. „Das wäre in jedem Drehbuch für einen Fernsehkrimi durchgefallen."

„Wie bitte?", fragte seine Kollegin.

„Ach, nichts. Habe nur nachgedacht."

Nuray schmunzelte. Irgendwann würde er sie an seinen klugen Gedankengängen teilhaben lassen.

Er konnte die Augen nicht von dem kleinen Hinweisartikel lassen. So schnell schon! Wirtschaftsvereinigung und diverse Vereine laden am späten Nachmittag zu einer bescheidenen Feier, wie es hieß, zum Gedenken an das verdienstvolle Mitglied Jens Beilsen, den großzügigen und aktiven Bürger Vegesacks.

Tief im Innern wusste er, dass er hingehen würde. Auch wenn das den Druck wieder erhöht, wenn es viele Bilder wieder lebendig macht. Aber er würde sich der inneren Stimme nicht entziehen können.

## Elftes Kapitel

### *Es zieht sich zusammen*

Dobrinski schob den Nachtisch beiseite. Sein Übergewicht. In dem Moment klingelte sein Handy. Robert Müller. „Was gibt's?"

„Wir haben keinen Treffer bei den Schuhen. Die Polen haben alles hergegeben, was sie dabeihaben. Alles Quadratlatschen, nichts passt. Unser Täter hat eine ziemlich kleine Schuhgröße. Am nächsten ist der Strandlustkämpfer dran, aber die Profile sind ganz anders. Und du sagst ja auch, er hat ein Alibi."

„Der Sexpartner?"

„Besitzt ganz andere Schuhe, lauter so modische. Und auch er hat zu große Füße. Und die Frau kann es auch nicht gewesen sein, es sei denn, sie hat extra Männerschuhe getragen. Und traust du ihr diesen wuchtigen Schlag zu?"

„Eher nicht. Was ist mit dem Mitarbeiter der Firma? Den haben wir im Moment hier in der Zelle, um ihn weichzukochen."

„Ich war eben bei ihm und habe verglichen. Auch mehrere Nummern zu groß."

„Danke, Robert. Wenn ich was Neues habe, melde ich mich."

Er erzählte Polat vom Ergebnis. Die nickte: „Im Grunde wissen wir doch: Wir haben eine Riesenlücke in der Ermittlung. Keiner von denen hat wirklich ein Motiv. Die Einzige, die eins hätte, ist Frau Beilsen. Aber der Tathergang! Von dieser massigen Figur einen Arm absägen, der Länge nach? Eine langwierige, harte Arbeit! Dann den Arm abschleppen, verstecken, sich in der Tiefgarage auf die Lauer legen, und dann mit dieser Gewalt zuschlagen? Obwohl sie ihn liebt? Im Affekt, im heftigen Streit, vielleicht. Aber aus dem Hinterhalt? Nach geduldigem Warten? Selbst wenn: Sie wäre in dem Moment, wo er vor ihr steht, eingeknickt, da bin ich ganz sicher."

„Vermutlich hast du Recht. Trotzdem, wenn wir nichts Neues finden, müssen wir auch an sie nochmal ran. Aber jetzt schauen wir, was wir aus diesem Sören herausholen."

„Da fällt mir ein", rief Polat, „ich habe die Freundin von Sören erreicht. Ziemlich verpeilt, scheint mir. Erst konnte sie sich an nichts erinnern, dann musste sie nachfragen, wer bei ihr gewesen sein soll – ach ja, Sören! Ja, kann gut sein, dass wir zusammen waren. Klang nicht sehr überzeugend."

„Gut, das reicht für ein bisschen mehr Druck."

Kaum waren sie vom Kantinentisch aufgestanden, klingelte Nurays Handy. Sie stellte auf laut. Tom Ludewig, Beilsens Sexpartner! Er würde gern, wie angeboten, das Gespräch von heute Morgen fortsetzen, und zwar lieber persönlich als am Telefon. Polat nickte Dobrinski zu und hob den Daumen. Ja, er sei auch bereit, ins Präsidium zu kommen, wenn es zeitlich nicht anders gehe.

Sie machten einen Termin am Nachmittag aus.

Geschlagene zwanzig Minuten ließen sie Sören im grell erleuchteten Vernehmungsraum schmoren, ehe sie eintraten: Dobrinski wieder mit seinem tiefernsten Drohblick, Polat mit einer nicht unfreundlichen, beinahe aufmunternden Miene. Die Rollen waren verteilt.

Sörens Augen wanderten unruhig zwischen Dobrinski und Polat hin und her. Er schwankt zwischen Trotz und Hilflosigkeit, dachte die Kommissarin.

Dobrinski diktierte routinemäßig die Einleitung eines offiziellen Verhörs ins Mikrofon, deshalb wechselte er wieder vom Du zum Sie. „Haben Sie sich das inzwischen überlegt? Wollen Sie einen Rechtsanwalt?"

Sören schluckte, blickte kurz hinüber zu Nuray und sagte patzig: „Ich habe nichts getan."

„Gut, das werden wir sehen. Bitte eine klare Antwort: Möchten Sie einen Anwalt oder nicht?"

„Nein." Und nach kurzem Zögern: „Haben Sie meine Freundin erreicht?"

„Sie machen sich also doch Sorgen", antwortete der Kommissar. „Wir haben sie erreicht, aber sie hat Sie nicht wirklich entlastet."

„Wieso? Hat sie denn nicht gesagt, dass ich an dem Abend bei ihr war?"

„Sie kann sich offenbar nicht genau erinnern, wer sie an dem Abend besucht hat."

Sören schnaufte und blickte zur Seite.

Dobrinski stützte die Ellbogen auf den Tisch, streckte den Kopf weit vor und legte das Kinn auf seine verschränkten Hände. „Ich halte ihnen jetzt vor, was wir wissen. Sie haben den Polen erklärt, wie die Figur befestigt ist. Ihnen war klar, warum die Polen das wissen wollten. Außerdem haben Sie ihnen geholfen, das Gestohlene zu verstecken, indem Sie ihnen den Tipp mit der Garage gaben. Dafür haben Sie Geld bekommen. Das ist alles sicher beweisbar, und das geben Sie auch zu, nicht wahr?"

Sören brummte irgendwas.

„Bitte eine klare Antwort für das Mikrofon! Sie geben das zu?"

Sören bejahte laut und gereizt.

„Jetzt zu dem Mord an Jens Beilsen", fuhr Dobrinski zügig fort. „Wir wissen, dass er mit dem abgesägten Arm der Bronzefigur ausgeführt wurde. Wir wissen auch, dass dieser Arm in der Garage abgesägt wurde. Von der Garage wussten nur die Polen und Sie, denn Sie haben den Tipp gegeben. Die Polen haben für den fraglichen Abend ein wasserdichtes Alibi, Sie nicht. Deshalb werden Sie hier als Verdächtiger verhört."

Nuray Polat hielt sich zurück. Kaum ein Alibi ist absolut wasserdicht, und das der Polen stützt sich auch nur auf das Zeugnis von zwei jungen Frauen, die auf Sexabenteuer aus waren. Aber ihr war klar, dass ihr Kollege diesen Bluff brauchte, um den Mechaniker in die Enge zu treiben.

Es wirkte offenbar. Sören rutschte unruhig auf seinem Stuhl hin und her. Polat sah ihre Chance, als *good cop* einzugreifen.

Auch sie beugte sich vor und versuchte, möglichst viel Sanftheit in ihre Stimme zu legen: „Wenn Sie es nicht waren, dann wird es jetzt Zeit, uns die volle Wahrheit zu sagen. Ich kann verstehen, dass Sie Angst haben, wenn das alles hier öffentlich wird. Es könnte Ihre Kündigung bedeuten, und vielleicht noch mehr."

Sören wandte sich ihr zu und schien sich ein wenig zu beruhigen.

„Wenn Sie es doch gewesen sind, dann sprechen Sie jetzt offen darüber. Alles Leugnen würde Ihre Situation nur verschlimmern. Vor allem müssten Sie uns erklären, warum eigentlich. Was Sie also gegen Beilsen hatten. Wenn Sie es aber nicht gewesen sind, und davon möchte ich eigentlich ausgehen, dann muss es noch jemand anderen geben, der von der Garage wusste. Und dieser Jemand kann es eigentlich nur von Ihnen erfahren haben."

Von Sören kam immer noch keine Reaktion. Dobrinski lehnte sich etwas zurück, weil seine Nase ihm sagte, dass Polat auf der richtigen Spur war.

„Ich möchte Ihnen einen Deal vorschlagen", setzte seine Kollegin fort, „Sie sagen uns, wem Sie den Tipp weitergegeben haben. Und wir versuchen, dass Ihre Tatbeteiligung nicht an die große Glocke gehängt wird. Wir helfen Ihnen auch, dass Sie einigermaßen glimpflich davonkommen. Wenn Sie dann noch etwas gegen Ihre Spielsucht tun – sehen Sie, wir wissen Bescheid –, dann kann man Ihren Job vielleicht retten. Jedenfalls würde ich Ihnen diese Hilfe versprechen, wenn Sie jetzt kooperieren."

Die beiden Kommissare ließen dem jungen Mann Zeit, das Ganze zu verarbeiten. Es atmete tief in ihm, und er versteckte sein Gesicht eine Weile hinter seinen breiten Handwerkerhänden.

Dann packte er aus. Ja, da sei noch jemand an ihn herangetreten, jemand, den er von früher kannte, aus dem Sport.

„Was für ein Sport?", hakte Polat nach.

„Turnen. Da war ich mal als Kind, aber dann war mir Fußball wichtiger. Außerdem …"

„Ja?", fragte die Kommissarin, als er stockte.

„Irgendwie kannte ich ihn später von der Ausbildung, aus der Berufsschule. Er war auch in irgendeiner Werkstatt, ist aber da wohl rausgeflogen, das hatte ich gehört. Wenn ich ihn nicht verwechsle. Ein komischer Vogel, damals. Ließ keinen an sich ran und war meistens schlecht drauf. Keiner mochte ihn."

„Name?", fragte Polat.

„Das ist es ja, und jetzt werden Sie mir bestimmt wieder nicht glauben. Ich kann mich an keinen Namen erinnern. Vielleicht hat er ihn sogar gesagt, aber da ist nichts." Er schlug sich mit der Faust an die Stirn.

„Warum haben Sie ihm den Tipp gegeben?"

„Er hat Geld geboten. Nicht schlecht."

„Das heißt, das lief nicht nur telefonisch ab. Sie haben ihn getroffen, damit er Ihnen das Geld geben kann."

Sören nickte und wiederholte sein „Ja" auf Bitten der Kommissarin laut.

„Und haben Sie ihn gefragt, warum er das alles von Ihnen wissen wollte?"

„Nein, wozu. Er hat mir Geld gegeben, und ich wollte damit nichts weiter zu tun haben."

Dobrinski und Polat tauschten Blicke aus. Der Kommissar übernahm wieder: „Gut. Ich gehe im Moment mal davon aus, dass Sie uns keinen Bären aufbinden. Dass Sie diesen Jemand also nicht erfunden haben, um sich rauszureden. Vorläufig bleiben Sie für mich trotzdem in Verdacht."

Er blickte Sören ernst und ruhig an, um seinen Worten Nachdruck zu verleihen, und fuhr dort: „Ich bringe Sie jetzt zu einem Kollegen, der wird am Computer zusammen mit Ihnen ein Phantombild von dem jungen Mann erstellen, dem Sie den Tipp gegeben haben wollen. Sie wissen, was ein Phantombild ist?"

„Klar", sagte Sören, „das kenne ich aus Krimis."

Das brachte selbst den Kommissar zum Schmunzeln.

Als sie aufstanden und zur Tür gingen, hielt Nuray Polat den jungen Mann an. Ihr war plötzlich ein Einfall gekommen. „Sagen Sie", fragte sie bedächtig, als müsse sie noch nachdenken, „Sie sagten vorhin, Sie waren im Turnverein?"

Sören nickte: „Da war ich noch sehr jung. Ziemlich bald hatte ich keine Lust mehr. Ich wollte zum Fußball, habe ich ja schon gesagt."

„Kannten Sie das Mordopfer, Jens Beilsen, vom Turnverein? War der nicht Trainer dort?"

„Ja, stimmt. Der war Trainer, manchmal auch bei uns. Ich mochte den nicht, der war irgendwie komisch."

„Was meinen Sie mit ‚komisch'?"

„Der fasste uns beim Training immer so an, ich weiß auch nicht. Der rückte mir zu sehr auf die Pelle."

„Sind Sie auch deswegen gegangen?"

„Nee, eigentlich nicht. Es war mehr der Fußball. Da waren Freunde von mir, und ich fand das schöner in der Mannschaft, als immer alleine auf den Geräten."

„Danke", sagte Polat und schob ihn endgültig aus dem Vernehmungsraum.

Sören wandte sich zu Dobrinski um: „Kann ich dann gehen, wenn ich das Phantombild gemacht habe?"

„Vorläufig ja", kam die Antwort, „aber Sie müssen zu unserer Verfügung bleiben."

„Das sagen die in den Krimis auch immer", meinte Sören und grinste.

Gerade rechtzeitig hatten sie die Vernehmung des Mechanikers beendet, denn in einem Vorraum wartete schon Tom Ludewig, der am Mittag angerufen hatte.

Das Ermittlerpaar plante eine ähnliche Inszenierung wie kurz zuvor bei dem Mechaniker, also mit Dobrinski als *bad cop* und Polat als *good cop*, was natürlich gut zu ihrer spontanen Sympathie für Tom passte.

Der Kommissar spulte seine offizielle Einleitung ab und bezeichnete Ludewig als verdächtig, Jens Beilsen ermordet zu haben, was ihm das Recht auf einen Anwalt gebe. „Wenn Sie nicht genauer sagen, was Sie in der Tiefgarage erlebt und gesehen haben, dann verstärkt sich das Verdachtsmoment gegen Sie!"

Der so unter Druck Gesetzte nahm das äußerlich entspannt auf. Er verstehe gut, dass er als Verdächtiger gelte, schließlich habe er in dem Gespräch heute Morgen geblockt und das Wesentliche nicht erzählt. Er bedankte sich sogar bei Nuray Polat, dass sie ihm Zeit zum Nachdenken gegeben habe. Nun aber wolle er mithelfen, den Mord aufzuklären.

Eine solche beredsame Kooperationsbereitschaft hatten die beiden von der Kripo selten gehört. Sie spitzten die Ohren: „Bitte, erzählen Sie!"

„Ich war in der Tiefgarage, so wie es Ihre ominöse Quelle, Frau Polat – so war doch Ihr Name? – behauptet hat. Ja, und ich war mit Herrn Beilsen verabredet. Wir haben", hier unterbrach er sich und schaute mit allen Anzeichen der Trauer nach unten in eine Ecke des Zimmers, „wir hatten tatsächlich seit längerer Zeit eine sexuelle Beziehung."

Polat war irritiert. Diese Trauerpose, dachte sie, eine Spur zu viel? Sie hakte ein: „War es vielleicht schon etwas mehr, eine Verbundenheit, eine Freundschaft?"

Ludewig nickte. „Ja, das kann man so sagen. Aber Jens schreckte davor zurück, die Beziehung zu vertiefen. Er liebte seine Familie, in gewisser Weise auch seine Frau, und er war besessen von der Vorstellung, seine gesellschaftliche Stellung wäre zerstört, wenn bekannt würde, dass er homosexuell ist. Ich teile das nicht, aber ich habe es respektiert. Sehr gern respektiert!", wandte er sich an Polat, aber mit einem Seitenblick zu Dobrinski. „Ich sage das, damit Sie nicht denken, meine Ungeduld in der Beziehung könnte ein Mordmotiv sein. Sie hatten Recht, Frau Polat, als Sie heute Morgen sagten, Sie könnten bei mir kein Motiv sehen. So ist es wirklich."

Eine allzu perfekte Rede, schoss es Nuray durch den Kopf. Ihre Sympathie bröckelte ein wenig.

Dobrinski zog eine Zeichnung aus einer vorbereiteten Mappe und legte sie so auf den Tisch, dass Ludwig sie gut sehen konnte.

„Dies ist eine Skizze der Tiefgarage, oder genauer: eine Darstellung der unmittelbaren Umgebung des Tatorts. Hier, das rot markierte Auto ist das von Herrn Beilsen. Bitte zeigen Sie uns, wo Sie sich an dem Abend befunden haben."

Tom Ludewig wies auf eine Stelle zwischen zwei anderen Autos, schräg gegenüber der Markierung auf der anderen Seite der Parkreihen.

„Ich wollte nicht gesehen werden", führte er aus, „ich wusste ja nicht, ob Jens allein kommen würde. Das war zwar so verabredet, aber man weiß ja nie, ob irgendetwas dazwischenkommt."

„Was geschah dann?"

„Es ging ganz schnell. Jens' Auto kam rein. Er bog ein in die Parkbucht. Der Ort war so verabredet. Die Fahrertür ging auf, und Jens stieg aus. In dem Moment sah ich eine dunkle Gestalt aufspringen, die hatte hinter diesem Auto gehockt."

Ludewig wies in der Zeichnung auf ein anderes Auto in der gleichen Reihe.

„Er rannte sofort auf Jens zu und hatte etwas Großes, Langes in der Hand."

„Hatte diese Gestalt eine Maske auf?"

„Nein. Ich konnte sogar das Gesicht sehen. Nicht deutlich, es war ja Schummerlicht."

„Gut, was war dann?", drängte Polat weiter.

„Ich habe von da, wo ich stand, gerufen …"

„Was haben Sie gerufen?", unterbrach Dobrinski.

„Ich glaube, es war: ‚Jens, pass auf!', oder so. Jens hat sich in meine Richtung umgedreht, so dass er den Anderen nicht sah. Der war schon um das Auto rum und hat heftig auf Jens eingeschlagen, mit diesem großen Gegenstand."

„Wie oft hat er auf das Opfer eingeschlagen?"

„Nur einmal! Aber er hat weit ausgeholt, so richtig Schwung geholt. Es hat gekracht, das habe ich bis zu mir gehört."

„Können Sie einmal vormachen, wie der Täter sich mit seiner Waffe ungefähr bewegt hat?"

Tom Ludewig stand auf, Dobrinski stellte sich mit dem Rücken zu ihm und sagte: „Ich bin jetzt das Opfer. Bitte zeigen Sie, wie das beim Täter aussah."

Ludewig machte einen Ausfallschritt, hob seine imaginäre Tatwaffe beidhändig kräftig nach hinten und schwang sie rasch und wuchtig in Richtung von Kurt Dobrinskis Hinterkopf – so wuchtig, dass seine beiden Hände sogar auf dem Haarschopf des Kommissars landeten. „Entschuldigung!", entfuhr es ihm.

„Was haben Sie in dem Moment gemacht?", mischte sich Polat ein.

Ludewig setzte sich wieder und sank ein wenig in sich zusammen – nicht viel, aber sie erkannte das sofort hinter seiner beherrschten Fassade.

„Ich bin davongelaufen. Wären Sie das nicht auch, an meiner Stelle?"

Dobrinski schüttelte den Kopf: „Was wir in dem Moment gemacht hätten, steht hier nicht zur Debatte. Warum sind Sie davongelaufen? Was haben Sie gedacht?"

„Gar nichts habe ich gedacht. Ich hatte einfach Angst. Eine Angst, die ich schon lange nicht mehr hatte. In der Schule, da wurde ich manchmal gemobbt, Schwuchtel genannt und so, und einmal kam so eine Gruppe harter Jungs auf mich zu, da hatte ich eine ähnliche Angst und bin gerannt wie Teufel. Wahrscheinlich kam das irgendwie wieder hoch."

„Dachten Sie, die dunkle Gestalt würde auch Sie angreifen?"

„Das wäre doch denkbar, oder? In dem Moment … Ich sagte ja schon, wirklich nachgedacht habe ich nicht. Hinterher ging mir das aber durch den Kopf. Vielleicht war das ein Schwulenhasser, und ich wäre der Nächste gewesen."

„Warum haben Sie nicht die Polizei gerufen? Oder den Rettungsdienst?"

„Sie werden das nicht verstehen, und ich verstehe mich selbst nicht mehr. Aber ich war hin- und hergerissen. Da war immer noch das feste Versprechen: Die Öffentlichkeit darf auf gar keinen Fall erfahren, dass Jens schwul ist. Ich weiß, das war völlig falsch, aber in dem Moment konnte ich keinen klaren Gedanken fassen. Als ob so Urängste hochkamen: Die verfolgen die Schwulen, das ist ein Pogrom, du darfst dich nicht rühren, du musst dich verstecken. Kindlich! Unreif! Aber so ging es mir in der Nacht."

„Hatten Sie auch Angst, man könnte Sie für den Täter halten?"

„Auch das! Ich hätte ja nicht sagen können, was ich da wollte. Wegen des Versprechens, das ich Jens gegeben habe."

„Was haben Sie gemacht?"

„Bin rumgelaufen, quer durch den Stadtteil. Zweimal bin ich wieder zum Sedanplatz, aber ich hatte Angst, reinzugehen. Ganz früh, da kam ein Streifenwagen mit Blaulicht. Da ahnte ich, sie haben es entdeckt."

Ein paar Sekunden blieben alle drei stumm. Dann sagte Nuray Polat leise: „Sie hätten ihn nicht retten können. Der Arzt sagt, er war sofort tot. Ganz sicher."

Ludewig schüttelte verhalten den Kopf. „Das hilft mir nicht wirklich. Ich war feige. Ich mache mir Vorwürfe, dass ich nicht anders gehandelt habe."

„Ja, vielleicht müssen Sie damit leben", meinte Polat, „aber immerhin haben Sie jetzt und hier das Richtige getan und erzählt, was geschehen ist. Ach übrigens: Kommen Sie heute zu dieser Trauerfeier, oder was die Wirtschaftsvereinigung da veranstaltet?"

Tom Ludewig zögerte. „Ich weiß nicht, ob ich mich da blicken lassen sollte. Irgendwann wird ja alles öffentlich, nehme ich an ..."

„Und Sie? Sie wollen sich wieder verstecken?" Nuray schaute ihn lange an, auch sie jetzt ernst, mit einer Spur von Trauer.

Ludewig ließ sich von dem Blick einfangen. „Ja", kam es dann, „wahrscheinlich haben Sie Recht. Ich denke, ich werde doch hingehen."

Zum Abschluss musste auch Ludewig ein Phantombild von dem Täter anfertigen. Als er gegangen war, hielten sie beide Phantombilder nebeneinander: das von Sören erstellte und das von Ludewig.

„Ziemlich ähnlich", murmelte Dobrinski. Polat nickte: „So sieht der Täter aus. Junger Mann aus Bremen-Nord, abgebrochene Mechanikerlehre, als Kind hier im Turnverein, ein verschlossener Mensch ... Den sollten wir finden können."

Die kleine, aber feine private Constructor University in Vegesack hatte einen repräsentativen Veranstaltungsraum zur Verfügung gestellt. Auch dort war Jens Beilsen als Mäzen und Berater unterwegs, war aber auch mit der Planung des einen oder anderen Umbaus beauftragt worden.

Am Eingang lag ein Kondolenzbuch, vor dem sich eine Schlange gebildet hatte. Von dort gelangte man in den langgezogenen Raum, in dem sich weißgedeckte Stehtische und enge Sitzgruppen abwechselten. Langsam füllte sich der Raum mit dezent gekleideten Gästen aus den verschiedenen Vereinen, der Wirtschaft und der Lokalpolitik.

Eine kleine Gruppe von Männern verschiedenen Alters hielt sich in einem Winkel zurück. Nur Eingeweihte erkannten in ihnen Vorkämpfer der queeren Szene aus anderen Teilen der Stadt. Tom Ludewig hatte sich zu ihnen gesellt, unterhielt sich angeregt, bewegte sich aber nicht von seinem Stehplatz nahe am Fenster weg. Deshalb konnte er hinterher auch nicht sagen, ob er den Mörder unter den Gästen gesehen hatte.

Die Sitzgruppen füllten sich, behutsam wurden leise Gespräche geführt.

Frau Beilsen hatte sich mit ihren beiden Kindern neben einem Stehtisch aufgestellt. Blickfang war ein großes Foto eines lächelnden, in einer Art Rednerpose begriffenen Jens Beilsen, umrahmt von Buketts aus weißen Rosen, Lilien und zart getönten Gerbera.

Trotz kurzfristiger Ansetzung waren sehr viele Menschen gekommen. Immer wieder lösten sich Einzelne, Paare und kleine Gruppen von ihren Plätzen, traten zu der Familie und sprachen ihre Anteilnahme aus.

Auch Nuray Polat und Kurt Dobrinski hatten sich unter die Gäste gemischt und versuchten, unauffällig zu beobachten, wer anwesend war und wer sich wie verhielt. Sie führten auch ein kurzes Gespräch mit Frau Beilsen, die sie bat, nichts über das Privatleben des Opfers an die Öffentlichkeit dringen zu lassen.

Sie konnten nur das Übliche versprechen: keine unnötige Publizität, aber der Fortgang der Ermittlungen habe letztlich den Vorrang.

Ein Schild am Eingang machte die Gäste darauf aufmerksam, dass auf Wunsch der Familie fotografische Aufnahmen von der Trauerveranstaltung gemacht würden. Wer nicht auf einem Bild erscheinen wolle, möge das ausdrücklich der Fotografin sagen.

Diese Berufsfotografin machte durch ihre Tätigkeit deutlich auf sich aufmerksam.

Der bekannte, bei der Norddeutschen angestellte Pressefotograf schoss zu Beginn ein paar Bilder und verschwand wieder.

Wer gut aufpasste, entdeckte einen polizeilichen Fotografen, der möglichst unauffällig zwischen den Tischen umherging, hier und da ein Gespräch führte, aber dann doch, fast wie aus der Hüfte, eine Reihe von Personen auf seinem Minigerät festhielt.

Einigen Vertretern des Sports und der Wirtschaft war von der Familie erlaubt worden, kurze Gedenkreden zu halten. Sie zählten die wichtigsten Verdienste des Verstorbenen auf, wünschten den Angehörigen, dass sie über diesen Schicksalsschlag hinwegkommen, soweit das überhaupt möglich sei, und brachten ihre Erwartung zum Ausdruck, dass die Polizei die Tat möglichst rasch aufklärt.

Der Tag war danach für das Mordkommissariat noch nicht zu Ende. Dobrinski und Nuray sowie der Fotograf saßen nach einer hastig georderten und verspeisten Pizza noch abends vor dem Bildschirm und verglichen systematisch die Fotos von der Veranstaltung mit den Phantombildern.

Sie markierten jedes Gesicht, was den Zeichnungen auch nur entfernt ähnlich war. Bei einem blieben sie am Schluss hängen. Ein blasser junger Mann, allein am kleinen Buffet, schräg im Halbprofil.

„Eindeutige Ähnlichkeit", brummte Dobrinski und wandte sich an den Fotografen: „Mach bitte einige Auszüge mit diesem jungen Mann und versuche, ein möglichst scharfes Fahndungsfoto herauszukitzeln."

Der Fotograf nickte und machte sich an die Arbeit. „Morgen früh kriege ich frei!", rief er, als er an seinem Arbeitsplatz angekommen war.

„Nur wenn du heute noch fertig wirst!", gab es ihm Dobrinski lachend zurück.

Der junge Mann erreichte erst Stunden später seine Dachwohnung. Verwirrt, beinahe aufgelöst war er auf weiten Umwegen durch die Wälder an der Blumenthaler Aue geradelt. Weil ihn die Bilder des Abends verfolgten und ablenkten, geriet er sogar bis in die Marschengegend hinter Schwanewede.

Er machte sich Vorwürfe. Er hätte nicht hingehen sollen. Etliche aus dem Turnverein hatte er gesehen. Er konnte nicht allen ausweichen. Sie wollten über den Toten reden. Er würgte ein paar Worte hervor, verdrückte sich ans Buffet, bis ihm auch dort jemand auf die Schulter klopfte, mit dem er jahrelang nicht gesprochen hatte. Der Schweiß brach ihm aus.

Gewaltig wölbte sich wieder der Druck auf seiner Brust. Schließlich fand er einen Vorwand und machte sich davon.

Er hatte Angst vor der Nacht. Alles würde wieder hochkommen. Ausgiebig kraulte er Percy, aber das warme Fell des Tieres beruhigte ihn heute nicht.

Ein paar Stunden wälzte er sich unruhig auf seinem Bett hin und her, schlief ein und schreckte wieder hoch. In der allerfrühesten Dämmerung stand er auf, kramte aus einer Schublade ein altes, leicht angerostetes Schlüsselbund hervor, griff sich seine schwere Sporttasche und holte sein Fahrrad aus dem Keller.

Die frische, kühle Luft tat ihm gut. Er radelte quer durch Bremen-Nord, bis er vor einem Gebäude stand, das er schon jahrelang nicht mehr betreten hatte. Aufgeregt probierte er, ob der Schlüssel noch passte.

**Zwölftes Kapitel**

*Seelenwut*

Die Soko der Mordkommission schwärmte in Vegesack aus. Alle hatten gestochen scharfe Ausdrucke der
Phantombilder und eine nachgebesserte Vergrößerung der Aufnahme des Verdächtigen von der Trauerveranstaltung bei sich.

Jedes Soko-Mitglied hatte bis zu drei Adressen be-
kommen: Einzelne Vorstände von Vereinen, gleich
mehrere vom Turnverein, aktuelle oder ehemalige
Schulleitungen, Personen des öffentlichen Lebens in
Vegesack, von denen man annahm, dass sie viele
Kontakte hatten.

Wer kennt dieses Gesicht? Das war die Frage, denen
alle nachgehen sollten. Wer ist dieser junge Mann? Bei
Nachfragen war zu antworten, es handele sich um einen wichtigen Zeugen bei den Ermittlungen – Sie wissen schon ...

Zu Mittag traf man sich verabredungsgemäß in der
Vegesacker Polizeiwache.

„Nuray fehlt noch!"

„Hat sich gemeldet", sagte Dobrinski, „sie kommt etwas später. Also: Was habt ihr?"

„Bei meinen drei Kontakten: Fehlanzeige."

„Bei mir war das anders. Aber irgendwie läuft es auf
dasselbe heraus. Schon mal gesehen, ich weiß, ich
kenne das Gesicht, aber wo soll ich es hinstecken? Ich
komme nicht drauf. Sowas habe ich gleich zweimal
gehört. Ist das vielleicht ein Mensch, der kaum unter
die Leute geht?"

„Ich habe noch eine brauchbare Aussage", warf eine Ermittlerin ein, „und zwar: Den kenne ich von früher! Vom Sportverein! Turnen! Aber der Name …? Keine Ahnung. Jahrelang nicht gesehen. Das war das Konkreteste, die anderen haben gepasst."

„Wieder ein Hinweis auf den Turnverein!", sagte der Chef. Er selbst hatte im Ortsamt und bei der Beiratssprecherin keinen Erfolg.

In dem Moment stürzte die Kommissarin durch die Tür und winkte mit einem Notizzettel.

„Hast du was?"

„Ich habe einen Namen! Aber der Reihe nach. Ich war in der Redaktion der Norddeutschen, das brachte nichts. Aber: Ich bekam den Tipp, einen freien Mitarbeiter zu treffen, der diese ganze Sache mit der Skulptur und dem Mord begleitet hat. Wir kennen ihn, er hat auch mal mit uns gesprochen. Er heißt Ben Vogelsang, und er war zu Hause."

„Was hat er gesagt?" fragte Dobrinski ungeduldig, als Nuray Luft holte.

„Er sagte, er hat ein gutes Gedächtnis für Fotografien. Ein paar Minuten hat er gebraucht, dann fiel bei ihm der Groschen. Die Vegesacker Jungen! Ihr wisst, das ist so eine Symbolfigur, darum ging ja das ganze Theater mit der Statue. Die gibt's aber auch lebendig, die werden alle paar Jahre gewählt und repräsentieren Vegesack im Matrosenanzug bei irgendwelchen Feiern und Veranstaltungen."

„Und das Gesicht gehört zu einem dieser Jungs?"

„Die Norddeutsche hat immer lange Artikel darüber gebracht, mit vielen Fotos. Er hat in seinem PC gekramt. Bei der Wahl 2013, also vor rund neun Jahren, da war eine Feier zur Wahl von zwei Vegesacker Jungen. Er hat mir ein bestimmtes Foto gezeigt."

Sie tippte auf ihr Handy und zeigte die Aufnahme herum. „Einer der beiden ähnelt unserem Phantombild. Rechts der. Ein paar Jahre jünger, das sieht man, aber er könnte es durchaus sein."

„Und der Name?"

„Der steht unter dem Foto. Mario Wedeling. Aber es gab noch eine Überraschung."

Nuray machte es spannend, holte sich ein Glas Wasser und trank einen Schluck, bevor sie weitermachte.

„Hier, auf demselben Foto, im Hintergrund: das Opfer, Jens Beilsen. Damals Mitglied der Wahlkommission. Vogelsang sagte, der Beilsen habe oft junge Männer für diese Wahl vorgeschlagen. Die kamen immer aus dem Turnverein. Und da war Beilsen viele Jahre lang Trainer. Meistens hat er den männlichen Nachwuchs trainiert, die kleinen Jungs also. Das ist genau der Trainer, von dem unser Mechaniker gesagt hat, er sei ihm manchmal zu sehr auf die Pelle gerückt."

„Missbrauch?", schallte es aus der Runde.

„Habe ich auch gefragt. Aber der Journalist meinte, so ein Gerücht hätte er noch nie gehört."

„Besorge uns zu diesem Namen die Adresse", rief Dobrinski einem jungen Mitarbeiter zu. Der nickte und verschwand in einem Nebenraum, wo die Telefone und PCs der Vegesacker Polizei auf ihren Einsatz warteten.

Dobrinski verlegte die Besprechung ins Café des benachbarten Vegesacker Bürgerhauses. „Ein kleines

Mittagessen", rief er. Suppe, Frikadellen, ein paar belegte Brötchen standen zur Auswahl.

Sie hatten sich gerade hingesetzt, da sprengte ein Anruf auf das Handy des Chefs die Runde. Es hatte etwas gedauert, bis es dem Diensthabenden im Präsidium dämmerte, an wen er diese merkwürdige Information weiterleiten musste: In einem Turnverein war in einem Spind ein abgesägter Arm aus Bronze gefunden worden!

Polat informierte die Spurensicherung und flitzte ihrem Kollegen hinterher, der schon in seinem Golf Plus saß und rasch eine Frikadelle verdrückte, die er sich hatte einpacken lassen.

„Hunger macht nervös, und dann macht man Fehler", brummte er entschuldigend. Polat lachte und nahm einen Schluck aus ihrer Cola. „Auch ungesund", meinte sie.

Sie brauchten eine Weile, bis sie im Keller eines in die Jahre gekommenen Gebäudes die Umkleidekabinen fanden. Vor der Tür des Raums für die Jungen erwartete sie ein stämmiger junger Mann im ärmellosen T-Shirt, dessen stramme Muskeln einen raschen Blick der Kommissarin einfingen. „Guten Tag", sagte er, „ich bin der Trainer der D- und E-Jugend. Sie haben den Anruf bekommen?", fragte er überflüssigerweise.

Die Kommissare nickten.

„Kommen Sie mit", rief er und stürmte durch zwei Türen in einen hinteren Raum, so dass sie kaum folgen konnten. Dort stand ein Junge in Turnerkluft, vielleicht zehn oder elf Jahre alt, vor einem offenen Spind und guckte sie mit großen Augen an.

„Wir haben es so belassen, wie es war", sagte der Trainer. In dem Spind prangte, gestützt auf ein Paar alte Turnschuhe, der Arm mit dem Fisch. Er stammte unverkennbar von der Figur aus dem Hafen. Es war also die Mordwaffe.

Lautstark meldeten sich aus dem Flur zwei Leute von der Spusi, die inzwischen eingetroffen waren. Sie machten sich gleich an die Arbeit: Fingerabdrücke, eventuelle Blutspuren und so weiter.

„Sollen wir den Eltern des Jungen Bescheid geben?", fragte Polat.

„Ich glaube, der kommt auch so damit klar, nicht wahr, Finn?" Der Angesprochene nickte tapfer.

Wieder war Polat gedankenschneller als Dobrinski: „Wissen Sie, zu wem der Spind früher mal gehört hat? So vor knapp zwanzig Jahren?"

„Da war ich noch gar nicht hier im Verein. Aber es gibt eine Kartei, wer wann einen bestimmten Spind hatte. Die Spinde sind nummeriert, also müssten wir das schnell finden. Ist allerdings noch vorsintflutlich auf Karteikarten. Da hatte wohl niemand Lust, das in Dateien zu übertragen."

Der Trainer führte sie in ein unordentliches Büro, zog mit sicherem Griff einen Karteikasten aus dem Regal und präsentierte ihn auf dem Tisch. „Bitte sehr!"

Nuray fand die Spindnummer sofort und blätterte in den Jahrgängen. Nach kurzem Suchen zog sie eine schon etwas abgegriffene Karte aus dem Kasten. Sie hielt sie Dobrinski hin: „Derselbe Name!", sagte sie.

„Können wir die mitnehmen?", fragte sie den Trainer. Der nickte: „Ja, sicher. Ich stecke einen Zettel rein, dass Sie die Karte haben."

In dem Moment kam der kleine Turner rein und drückte sich verlegen an der Tür herum.

„Was ist, Finn?"

„Was mache ich mit meinen Sachen?", fragte er, „Wann kann ich wieder an meinen Spind?"

Der Trainer lachte. „Vorläufig nicht, Finn. Weißt du: Wenn die Kripo ermittelt, darf man sie nicht stören. Komm, ich gebe dir vorübergehend einen anderen Spind."

„Wenn ihr fertig seid, nehmt den Arm mit und bringt ihn bitte in mein Büro!", rief Dobrinski im Hinausgehen den Spusi-Leuten zu.

Im Auto inspizierte der Kommissar seine internen Nachrichten. „Dieser Wedeling ist noch bei seinen Eltern gemeldet", sagte er zu Nuray.

„Keine eigene Meldeadresse? In dem Alter?"

„Offenbar nicht. Der Kollege fragt, ob er weitersuchen soll."

„Schreib ihm, erstmal nicht", riet die Kommissarin. „Wir reden zuerst mit den Eltern. Wenn er nicht mehr da wohnt, können die uns weiterhelfen."

„Es wird nicht leicht", meinte Dobrinski, „wir müssen den Eltern sagen, warum wir das alles wissen wollen."

Polat nickte stumm.

Es war in der Tat nicht leicht. Sie trafen die Eltern an. Eine einfach und etwas altmodisch gekleidete Frau, mit schwarzem, streng nach hinten gekämmtem Haar, durch das sich graue Strähnen zogen, öffnete die Wohnungstür in einem Mehrfamilienhaus und erschrak sichtlich, als sie sich als Kriminalbeamte vorstellten. Die Frage, ob ihr Mann zu Hause sei, bejahte sie und fügte wie zur Entschuldigung hinzu: „Er ist Frührentner, wissen Sie. Der Magen."

Sie brachte sie ins Wohnzimmer, bat sie, auf den braunen Ledersesseln Platz zu nehmen, und bot ihnen Kaffee an, was sie dankend ablehnten.

Erst jetzt kam ihr Mann von irgendwo her ins Zimmer und begrüßte sie dermaßen zurückhaltend, als wäre er am liebsten gar nicht da und viel lieber mit seinem Hobby beschäftigt oder bei der Gartenarbeit.

„Warum kommen Sie?" Die Angst hinter dieser Frage war deutlich zu hören.

„Wir ermitteln in einer Straftat. Es kann sein, dass Ihr Sohn etwas dazu weiß. Deshalb müssen wir ihn sprechen. Er ist nicht hier?"

Frau Wedeling atmete tief durch. „Wir haben seit Jahren keinen Kontakt mehr zu ihm. Er hat sich uns entzogen." Spuren von Tränen traten in ihre Augen, als sie dies sagte.

„Sie wissen gar nicht, wo er jetzt wohnt?"

Sie schüttelte den Kopf. „Ich habe ihn letztes Jahr zweimal in Vegesack gesehen, auf seinem Fahrrad. Einmal hat er es gemerkt. Er hat sofort umgedreht."

Jetzt konnte sie die Tränen nicht mehr zurückhalten. Ihr Mann erblasste, seine ohnehin eher gelbe Gesichtsfarbe verblich ins Weißliche. Noch steifer als zu Beginn saß er da, als wollte er sich am liebsten aus dem Zimmer beamen.

„Sie leiden darunter, dass Sie gar keinen Kontakt mehr haben", fühlte Polat vorsichtig vor.

Frau Wedeling nickte heftig. „Er ist doch unser einziges Kind. Wenn ich nur wüsste, was mit ihm ist!"

Polat verständigte sich mit Dobrinski per Augenkontakt. Mach weiter, sagte sein Blick. Ihm war klar, dass sie in solchen Gesprächen feinfühliger agiert als er.

„Haben Sie eine Vermutung, warum er sich Ihnen entzogen hat?"

„Wenn ich das nur wüsste. Er hat nie darüber gesprochen. Und wir waren nicht mutig genug, ihn anzusprechen und auf einer Antwort zu bestehen." Sie schaute kurz zu ihrem Mann hinüber, der dem Blick auswich.

„Aber", sagte Polat und wartete einen Moment, bevor sie weitersprach, „eine Mutter hat vielleicht eine Ahnung, was ihn so sehr beschäftigt, dass er nicht einmal mit Ihnen darüber reden kann."

Frau Wedeling blickte vor sich hin und zog an einem Faden, der aus dem Rand der Tischdecke hing und da nicht hingehörte.

„Ja, eine Ahnung …", murmelte sie und schwieg.

Dobrinski holte Luft, aber Polat hob kurz die flache Hand, und er verstand: Geduld, jetzt Geduld.

„Er ist vielleicht mit einer Sache nicht fertig geworden", sagte sie zögerlich. „Irgendwas im Sportverein, beim Turnen."

„Ja …?", sagte Polat nur.

„Ein Sportskamerad hat ihn wohl schlecht behandelt, oder ein Trainer. Ich habe ihn gefragt, aber mehr wollte er einfach nicht sagen. Und ich wollte ihn nicht so bedrängen. Ich hätte sonst sicher alles noch schlimmer gemacht."

„Glaube ich nicht", platzte Dobrinski heraus, der auf seinem Stuhl schon hin und her rutschte.

„Sie wussten ja wenig darüber, wie das da im Verein zuging", sprang Polat dazwischen, „was hätten Sie auch tun sollen?"

Und wieder blickte die Frau kurz zu ihrem Mann hinüber. „Ich war alleine damit. Mein Mann hatte eine aufreibende Arbeit, immerzu Überstunden, da wollte ich ihn nicht damit belasten. Und wenn Mario überhaupt mal aus sich herausging, dann mir gegenüber. Mein Mann war da ... wie soll ich sagen ..."

„Eher hilflos?" hakte Polat ein.

„Ja, vielleicht." Frau Wedeling nahm wieder den störenden Faden zwischen die Finger. „Irgendwann ...", sprach sie leise weiter, „irgendwann war der Zug abgefahren. Wir haben einfach nicht mehr über solche Sachen gesprochen."

„Wie alt war er da, als das in dem Turnverein war?"

„Ach, das begann so, als er neun oder zehn war. Aber das zog sich länger hin, glaube ich."

„Wie war das mit der Schule und der Ausbildung?"

„Wir haben ihn immer triezen müssen. Er hat nur die Hauptschule geschafft. Ein Bekannter eines Cousins von mir hat ihn in die Schlosserlehre genommen. Aber er hat sie geschmissen und hat nichts gemacht. Zu Hause gesessen, oder er ist viel mit dem Fahrrad durch die Gegend gefahren. Er hatte ein Zelt und blieb dann oft tagelang weg."

„Wann ist er ausgezogen?"

„Sofort, als er achtzehn war. Seine neue Bleibe hat er uns nicht gesagt. Ich wollte es wissen, ich wollte ihm doch helfen, aber er hat es einfach nicht gesagt."

„Wovon hat er gelebt?"

„Er hatte noch Geld auf dem Konto. Er war sehr sparsam, hat sich ja kaum was gekauft. Wahrscheinlich hat er Gelegenheitsarbeiten gemacht. Er war ja nicht ungeschickt, er konnte handwerklich alles Mögliche ganz gut.‟

Der Mann hatte die ganze Zeit kein Wort gesagt. Auch als sich jetzt die beiden Kommissare verabschiedeten, reichte er ihnen nur stumm die Hand.

„Wie kommen wir nun an seine Adresse?‟ Diese Frage gab der Kommissar in seine Soko-Runde, als sie wieder in der Vegesacker Polizeiwache versammelt waren und sie vom Turnverein und vom Gespräch mit den Eltern berichtet hatten.

Sie teilten sich auf und riefen ein paar Leute aus dem Sportverein an, deren Adressen sie zusammenge-klaubt hatten, sowie den gesamten Vorstand des Vereins Vegesacker Junge, aber überall war Fehlanzeige. Einige bedauerten, Mario aus den Augen verloren zu haben. Man hätte sich besser um ihn kümmern müssen. Aber wie solle man an so jemanden herankom-men, der sich derart abkapselt?

„Keiner fühlte sich verantwortlich‟, murmelte Nuray, sichtlich betreten.

Schließlich kam Dobrinski eine Idee, „Er könnte kran-kenversichert sein‟, rief er, „warum haben wir daran noch nicht gedacht?‟

Und tatsächlich: Die AOK rückte eine Anschrift her-aus. „Die hat er hier mal angegeben. Ich hoffe, sie stimmt noch‟, meinte die Angestellte. Ein stinknorma-ler Wohnblock am Rande von Bremen-Nord, wo die Mieten noch erschwinglich waren.

„SEK?‟, überlegte Dobrinski.

„Mein Gefühl sagt mir: nicht nötig‟, meinte Polat.

So ließen sie es bei einem Streifenwagen und dem Spusi-Auto als Begleitung bewenden. Zur Sicherheit, falls der junge Mann nicht zu Hause sein sollte, baten sie die Vermietergesellschaft, einen Hauswart mit Nachschlüsseln zu dem Haus zu schicken. Den nötigen Durchsuchungsbeschluss besorgten sie sich telefonisch und per altmodischem Fax. Angesichts der bisherigen Beweislage gab es keinerlei Schwierigkeiten.

Mario Wedeling wurde nicht zu Hause angetroffen. Der Hauswart öffnete die Wohnungstür und wurde, als er neugierig mit eintrat, weggeschickt.

Die Spusi nahm sich zuerst die Schuhe vor. Die Profile von stark beschmutzten Sneakers passten zu den Abdrücken in der Tiefgarage.

Ein kleiner Chihuahua drückte sich ängstlich in seinen Korb. „Kein Wachhund!", witzelte einer.

Eine Mitarbeiterin strebte ins Bad und besorgte sich Haare für die DNA-Analyse.

Schon eine grobe Überprüfung der Fingerabdrücke, die offenbar sämtlich vom Bewohner stammten, ergab eine wahrscheinliche Übereinstimmung mit denen auf dem Bronzearm.

Etwas glänzte am Boden. „Da haben wir Bronzepartikel", vermutete Robert Müller, der persönlich bei diesem Schlussakkord der Ermittlungsarbeit dabei sein wollte.

In einem Papierkorb fanden sich Schnipsel alter Zeitungen. Müller griff zwei mit der Pinzette und präsentierte sie dem in der Tür wartenden Kommissar: „Die passen zu diesem Zettel, den das Ortsamt gekriegt hat. Ich würde sagen: Der wurde hier gebastelt."

„Mehr Indizien geht kaum", meinte Dobrinski, „es wäre ein Weltwunder, wenn der uns ein Alibi nachweisen könnte."

Als genügend Plastiktütchen gefüllt waren, rückte die Spusi ab. Nuray Polat verweilte noch ein wenig in der Wohnung und ließ sie auf sich wirken. Sie war düster, graubraun, drückte die Stimmung. Kaum ein Farbklecks. Wer hier hauste, dachte sie, wollte nichts mehr vom Leben.

„Ist das nicht verrückt?", sprach sie ihren Kollegen an, der jetzt wieder in der Tür stand und wartete, „diese vielen Spuren! Der durchsichtige Ablenkungsversuch mit dem Zettel, und er schmeißt die Schnipsel nicht weg. Dann, dass er zu dieser Trauerfeier kommt: überhaupt nicht nötig, nur gefährlich für ihn. Und dann noch dieses dämliche Versteckspiel mit der Tatwaffe, in seinem eigenen früheren Spind!"

„Eine merkwürdige Mischung aus Planung und Affekt. Ein absoluter Amateur", meinte Dobrinski.

„Ja, vielleicht. Aber diese ganzen Spuren sagen mir: Er wollte, dass er entdeckt wird. Anders konnte er das alles wohl nicht aushalten."

Dobrinski brummte, das sei ihm ein bisschen zu psychologisch.

„Was wir brauchen", sinnierte Polat weiter, „ist ein Motiv. Ein plausibles Motiv! Ich sehe noch keins."

„Mal gucken", sagte ihr Kollege vage. Er platzierte noch eine Zivilstreife vor dem Haus. Sie sollte Wedeling abgreifen, wenn er nach Hause kommt, und aufs Präsidium bringen.

Anschließend fuhr er mit seiner Kollegin zurück ins Kommissariat und beantragte einen Haftbefehl.

Erst kurz nach Mitternacht kehrte die Zivilstreife – es war bereits die Ablösung der ersten – auf den Hof der ehemaligen Kaserne im Stadtteil Vahr zurück. Mario Wedeling stieg aus, trottete neben den beiden Beamten ins Haus und ließ sich in eine Untersuchungszelle führen. Nach kurzer Aufklärung über die Regeln überließ man ihn seiner Einsamkeit.

Dobrinski hatte vorher die strikte Anweisung ausgegeben, alles einzubehalten, was dem Verdächtigen zu einem Suizidversuch dienen könnte. Die Beamten fanden aber nur eine kleine Schere.

Am nächsten Morgen lasen Dobrinski und Polat den Bericht der Zivilstreife. „Der hat noch seinen Hund bei einer alten Frau untergebracht!", sagte die Kommissarin verwundert, „mitten in der Nacht!"

Dann bereiteten sie sorgfältig die Beweislage vor und besprachen ihre übliche Rollenverteilung: Er übernahm den autoritären Part, sie die einfühlsame Rolle.

Bevor ihr Chef die Tür zum Vernehmungsraum öffnete, hielt ihn Polat am Arm: „Es ist wichtig, dass er wirklich einen Anwalt bekommt. Auch wenn er nicht will. Ich glaube, dann haben wir es insgesamt leichter. Ich habe so ein Bauchgefühl, dass es um die Schuldfähigkeit geht."

„Trotz der geplanten Vorgehensweise bei der Tat?", blieb Dobrinski skeptisch.

„Kurt, du bist der *bad cop*. Aber jetzt noch nicht, erst gleich bei der Vernehmung!"

Dobrinski lachte: „Gut, meinetwegen. Ein Rechtsanwalt muss her, so früh wie möglich."

Vor ihnen saß ein hagerer junger Mann, an dem fast alles grau schimmerte: die anthrazitfarbene Hose, der melierte Baumwollpullover, aus dem verwaschen die blauen Kragenecken eines Polohemds lugten, und sogar die ungekämmten dunkelbraunen Haare wirkten gräulich verstaubt. Die Gesichtsfarbe passte sich dem Gesamteindruck an, der ganze Kerl war wie erloschen.

Dobrinski begann. „Sie sind Mario Wedeling, wohnhaft in Bremen-Lüssum?" Er nannte die Adresse, und Wedeling bejahte leise. Er bestätigte auch sein Geburtsdatum.

„Herr Wedeling, wir haben Sie in Haft genommen, weil Sie im Verdacht stehen, heute vor sechs Tagen am Abend Jens Beilsen, einen Geschäftsmann aus Vegesack, in der Tiefgarage am Sedanplatz erschlagen zu haben."

Mario Wedeling schwieg und guckte ausdruckslos vor sich hin.

Dobrinski belehrte ihn über seine Rechte und fragte ihn anschließend, ob er einen Rechtsanwalt an seiner Seite haben wollte. Auch dies sei sein Recht.

Wieder schwieg der junge Mann, aber seine Augen suchten den Blickkontakt zu Nuray Polat.

Er ist hilflos, dachte sie und sagte leise: „Sie kennen gar keinen Rechtsanwalt!"

Mario nickte.

„Es kann Ihnen ein Anwalt vom Gericht zugeordnet werden. Das nennt man Pflichtverteidiger. Den können Sie sich dann nicht aussuchen. Aber vielleicht fällt Ihnen doch jemand ein? Oder sollen wir Ihre Eltern fragen, ob die einen kennen?"

Bei dieser Frage verdunkelte sich Wedelings Gesicht erneut, und er machte dicht.

Polat lächelte ihn an.

Plötzlich blickte er auf, und etwas Hoffnung schimmerte durch. „An einen erinnere ich mich!" Es war der erste Satz, den er in der Vernehmung sagte. „Ein alter Herr. Er war in einer Sitzung des Vegesacker Beirats und hat einem Gutachter widersprochen, einem Arzt. Der hat mir gefallen."

Die Kommissarin beugte sich vor: „Wissen Sie noch, wie der hieß?"

Wedeling schüttelte den Kopf. Aber es gelang Polat, behutsam den Zusammenhang herzustellen: dass es in der Sitzung um die Bronzefigur ging, man hatte sich über die Hand mit dem Fisch beschwert. Nein, worüber sich der Anwalt und der Arzt gestritten haben, das könne er nicht mehr genau sagen. Irgendwas Psychologisches.

Die Kommissare unterbrachen die Vernehmung. Polat rief im Ortsamt an und erhielt nach einigem Hin und Her den Namen des Anwalts: Bernhard Schonck. Rasch fand sie seine Kontaktdaten heraus und bekam ihn ans Telefon. Geduldig ließ er sich die Sachlage schildern.

„Nein, an den jungen Mann erinnere ich mich nicht. Es waren so viele Leute im Publikum", antwortete er. „Ehe wir lange diskutieren: Ich muss Sie enttäuschen. Ich habe meine Lizenz zurückgegeben. Ich dürfte ihn gar nicht mehr verteidigen, obwohl ...", hier hielt er einen Moment inne, „obwohl ich es gern täte. Der Fall reizt mich. Aber ich habe einen anderen Vorschlag."

Er brachte seine Tochter ins Gespräch. „Sie heißt Sabrina Schonck und hat meine Kanzlei übernommen. Und vor allem: Wir stimmen in unserer Sicht auf die Justiz und auf das Wesen der Strafverteidigung in vielen Dingen überein. Wenn Sie einverstanden sind, frage ich sie. Bei ihr ist Ihr Problemfall gut aufgehoben, glauben Sie mir."

Schonck vermittelte den Kontakt. Die Tochter war einverstanden und konnte einen Termin schieben. In spätestens zwei Stunden werde sie im Präsidium sein.

Polat kehrte mit dieser Nachricht ins Vernehmungszimmer zurück und fragte den Beschuldigten, ob er einverstanden sei.

Wedelings Miene hellte sich auf. Ja, er sei einverstanden. Er ließ sich zurück in die Zelle führen, um auf die Verteidigerin zu warten.

„Was ist das denn?", entfuhr es Dobrinski – laut genug, dass Polat, die neben ihm der Kaffeemaschine einen Cappuccino entlockte, es genau verstand, aber leise genug, dass die Erscheinung am Ende des Flurs, auf die sich die Bemerkung bezog, sie nicht hörte.

Rote lange Haare, grün betuschte Augenlider, eine noch grünere Lederjacke, schwarze Jeans, eine riesige schwarze Umhängetasche aus … ja, aus was?, fragte sich die Kommissarin. Gefärbte Jute?

Da stand sie schon vor ihnen. „Schonck", sagte sie, „sind Sie zuständig für meinen Fall?"

Nuray grinste sie breit an. So eine Frau hatte das altmodische Präsidium lange nicht gesehen, außer vielleicht bei der Sitte. „Ja", sagte sie, „wir haben telefoniert. Dies ist mein Kollege Dobrinski."

Sabrina Schonck folgte ihnen in Dobrinskis Büro und ließ sich von Polat gerne einen doppelten Espresso bringen. „Wenn's geht, mit viel Zucker!"

Es folgte eine ausführliche Darstellung der Beweislage. Die Rechtsanwältin hörte sehr aufmerksam zu.

„Wir wollen Sie nicht beeinflussen oder gar festlegen", sagte der Kommissar, „aber wir wollen schon deutlich machen, wie klar der Fall für uns ist. Was uns fehlt: Wir verstehen das Motiv noch nicht."

„Ich habe das Gefühl", fügte Polat hinzu, „dass es mit dem Turnverein zu tun hat. Da war Wedeling als kleiner Junge. Das Tötungsopfer könnte sein Trainer gewesen sein. Das wissen wir aber noch nicht sicher."

„Gibt es Gerüchte über eventuellen Missbrauch in dem Verein?", fragte Schonck.

„Da ist nichts bekannt. Ein Zeuge, der zeitweise auch verdächtig war, hat ein vages Gefühl geäußert." Sie berichtete, was Sören ausgesagt hatte.

Die Anwältin schlürfte ihren Espresso. „Ich werde ihm natürlich sagen, dass er sich nicht selbst beschuldigen muss. Aber ich werde ihn nicht ausbremsen, wenn er versucht, die vielen Indizien zu erklären. Das aber nur, wenn ich den Eindruck habe, dass er überhaupt vernehmungsfähig ist."

„Das ist Ihr Job", sagte die Kommissarin.

Anschließend wurde Mario Wedeling geholt. Frau Schonck begrüßte ihn ernst, aber warmherzig. Gute Kontaktaufnahme, dachte Polat.

„Ich möchte mit meinem Mandanten alleine reden."

„Selbstverständlich", sagte Polat. Rechtlich sowieso ok, dachte sie, aber im Ton ausgesprochen selbstbewusst!

Eine gute halbe Stunde lang unterhielt sich Sabrina Schonck mit Mario Wedeling in einem Nebenraum.

Kurz darauf saßen sich alle Beteiligten im Vernehmungszimmer gegenüber.

Dobrinski eröffnete mit den üblichen Formalitäten und schloss, indem er Mario Wedeling als hochverdächtig bezeichnete, den Unternehmer Jens Beilsen in der Tiefgarage am Sedanplatz mit dem abgetrennten Arm der Bronzestatue erschlagen zu haben.

Er lehnte sich zurück und wollte gerade zur Frage ausholen, was er als Beschuldigter zu diesem Tatvorwurf zu sagen habe, da kam ihm die Anwältin zuvor.

„Mario", sagte sie mit einem raschen Seitenblick zu ihm, „Sie wollten von sich aus ..."

„Ja", sagte Mario leise, aber mit fester Stimme, „Ich wollte gestehen."

Er atmete tief durch. Das war leicht, wie sich seine Brust hob, wie schon lange nicht mehr! Der Druck hatte sich aufgelöst, jedenfalls jetzt, hier auf diesem Stuhl, an diesem Tisch, in diesem Gespräch. Er hob den Kopf und blickte frei auf Dobrinski, dann auf Polat.

„Bitte, erzählen Sie ...", sagte die Kommissarin.

Der junge Mann blickte noch einmal kurz hinüber zur Anwältin, die ihn ruhig und freundlich anschaute.

Dann berichtete er, zunächst langsam, stockend, mit vielen Unterbrechungen, die Dobrinskis Ungeduld auf die Probe stellten. Aber Polat rückte mit ihrem Stuhl ein wenig an ihren Chef heran – ein deutliches Signal: Kurt, lass mich die Atmosphäre bestimmen. Kein Druck, dann macht er wieder zu!

Jahrelang sei das im Turnverein gegangen. Erst ein paar eindringliche Blicke, die ihn verwirrten, dann freundschaftliche Berührungen, am Arm, der Arm über der Schulter, die Hand am Kopf ...

„Nur für das Protokoll", sagte die Kommissarin und wies auf das Aufnahmegerät, „Es war Jens Beilsen, von dem gerade die Rede ist?"

„Ja", sagte Mario nur.

„Wie war er als Trainer?", fragte Polat.

„Wir fanden ihn alle toll. Er konnte richtig gut turnen. Und er hat uns alle möglichen Kniffe beigebracht. Und er hat nie geschimpft, wie andere Trainer."

„Du hast …", Polat korrigierte sich, als die Rechtsanwältin sie scharf fixierte: „Entschuldigung. Sie haben sich wohlgefühlt bei ihm!?"

Wedeling bejahte. Polat beobachtete, wie seine Augen feucht wurden, und wartete ab. Sabrina nickte ihm aufmunternd zu.

„Irgendwann fing das an, unter der Dusche. Wir waren allein. Er hat mir an den Penis gefasst. Nur kurz."

„Was haben Sie damals gedacht?", fragte Polat.

„Eigentlich gar nichts, glaube ich. Es hat sich komischerweise schön angefühlt. Er hat auch gleich wieder losgelassen."

„Aber dann?", hakte die Anwältin ein. Dobrinski ließ, anders als sonst in Verhören, diesen Eingriff ins Geschehen durchgehen.

Mario erzählte, dass es von da an immer weiter ging und immer heftiger wurde. Beilsen habe immer fester angefasst, immer länger, er rieb an dem Glied, und dann sollte er Beilsens Glied anfassen und daran reiben, und immer mehr …"

Hier stockte er, seine Stimme wurde eng und krächzend, er langte mit der Hand vor die Augen, aber jeder im Raum sah, dass er weinte. Er konnte nicht mehr sprechen, das Weinen schüttelte ihn.

Die Anwältin legte ihm den Arm um den Rücken und streichelte ihn. „Sie müssen nicht alles erzählen. Es ist noch mehr geschehen", wandte sie sich den Kommissaren zu, „aber ich denke, Sie haben jetzt schon einen Eindruck, was mein Mandant damals alles mitmachen musste. Das werden wir später in schriftlicher Form ausführlich darstellen. "

Dann schaute sie wieder auf Wedeling: „Lassen Sie sich Zeit, Mario!"

Dobrinski straffte sich und wollte eingreifen. So eine Eigenmächtigkeit einer Anwältin hatte er bei einer Vernehmung noch nie erlebt! Aber Polat legte ihm ihre Hand auf den Arm, und er verstand.

Das Weinen wurde weicher. Polat hörte, wie sein Atem den ruhigen Rhythmus wiederfand. Sie überlegte, wie sie die Frage formulieren sollte, die jetzt notwendig war. Schließlich erinnerte sich an das Seminar zur Gesprächsführung: den Satz so ausklingen lassen, dass es weder eine Frage noch eine strikte Aussage ist, dass es also wie in der Schwebe bleibt: „Und Sie konnten mit niemandem darüber sprechen ..."

Wedeling nickte. „Niemand wollte es hören. Vielleicht habe ich mich auch unklar ausgedrückt, das würde ich heute sagen. Aber es hat auch niemand nachgefragt."

„Auch Ihre Eltern nicht ..."

„Mein Vater hat mich ausgeschimpft. Ich sollte den Mund halten mit solchen Gerüchten, das hätte ich mir nur ausgedacht, so etwas tut ein Trainer nicht. Komm mir nicht nochmal mit solchen Sachen, hat er geschrien, und mir eine Ohrfeige gegeben. Ich habe ihm nie mehr was gesagt."

„Und Ihre Mutter?"

„Die hat nicht geschimpft, aber die wollte auch nichts davon hören. Dein Vater wird recht haben, hat sie gesagt. Manchmal hat sie mich gestreichelt, wenn ich durcheinander war. Aber sie hat mir auch das Wort abgeschnitten. Ich sollte mir nicht solche Gedanken machen. Das Turnen macht dir doch Spaß, Mario?, das hat sie immer gesagt. Und dann schnell von was anderem geredet. Und wenn ich davon aufhörte, hat sie mir ein Stück Kuchen gekauft oder so."

Wedeling erzählte, wie es später weiterging. Er habe angefangen, ganz für sich zu sein. In der Schule machten die Jungs Witze über Mädchen, über Sex und so. Er habe nicht zuhören können, er sei immer weggegangen. Irgendwann habe er die Klassenkameraden gemieden. Ein paar Jahre ging er aus Gewohnheit noch zum Turnen, dann hatte er keine Freude mehr daran und habe aufgehört. Die Eltern hätten ihn Eigenbrötler genannt. Zuerst wollten sie ihn noch mit anderen Jungs zusammenbringen, sie hätten manchmal sogar welche eingeladen, gegen seinen Willen. Aber die anderen hatten dann auch keine Lust mehr, mit ihm zusammen zu sein.

Als Jugendlicher habe er angefangen, in einer Hundepension zu jobben. Tiere, ja, mit denen konnte er umgehen. Hunde wurden seine Freunde. Später, als er dann eine eigene kleine Wohnung hatte, habe er deshalb einen Chihuahua aufgenommen, der von seinen Eigentümern einfach in der Pension zurückgelassen wurde, als sie in eine andere Stadt zogen.

„Percy wurde mein einziger Kamerad", sagte er leise, „er ist ein so kluger Hund."

„Wieso sind Sie ausgezogen?"

„Ich wollte weg von meinen Eltern. Die haben ja kaum noch mit mir gesprochen. Und ich auch nicht mit ihnen. Warum sollte ich da wohnen bleiben?"

„Wie konnten Sie sich die Wohnung leisten?"

„Ich hatte ja eine Schlosserlehre gemacht. Nicht zu Ende, mein Meister hatte mich rausgeschmissen. Er meinte, dass ich nicht mit Kunden umgehen könnte. Die Kunden hätten immer gesagt: Schick mir den nicht, der vermiest uns hier die Stimmung. Egal, ich konnte was als Handwerker, immer schon. Ich habe gern gebastelt und repariert. Ich hatte einen Bekannten, der hat mir immer kleine Jobs vermittelt. Und in der Hundepension war ich ja auch. Ich brauchte auch nicht viel Geld. Jedenfalls konnte ich die Miete immer bezahlen."

Polat nickte anerkennend mit dem Kopf.

Jetzt war Dobrinski seine passive Rolle leid. „Was war denn mit den Vergewaltigungen im Turnverein? Ich nenne sie mal so, denn in meinen Augen waren es welche. Wie sind Sie später damit umgegangen? Haben Sie oft daran gedacht? Haben Sie Beilsen darauf angesprochen?"

Polat und Schonck tauschten einen Blick aus. Ein bisschen viel auf einmal, dachten beide und warteten, was Wedeling davon aufgreifen würde.

Der erzählte, wie ihn jahrelang die Bilder verfolgten. Immer wieder habe er innerlich Szenen gesehen. Sie wurden immer fremder, eigenartig, als würden sie anderen passieren. Dann hatte er Schmerzen im Glied, die er sich nicht erklären konnte.

Ob er zu einem Arzt gegangen sei?

„Nein, was hätte ich dem erzählen sollen? Ich wusste ja selbst nicht, was das war."

„Wie", meinte Dobrinski, „Sie konnten diese Erlebnisse nicht mit den Geschehnissen unter der Dusche in Verbindung bringen?"

Wedeling blickte unsicher. „Nein, irgendwann nicht mehr wirklich. Ich wollte diese Bilder nicht, sie bedrängten mich, sie machten mir Druck. Ich habe versucht, sie wegzuschieben. Aber das ging nicht.‟

„Und Beilsen?‟

Jetzt spürte man, wie sich Wut in Wedeling anstaute. Er bäumte sich fast auf, sank aber dann wieder in sich zusammen: „Sie können das nicht verstehen. Ich hatte Beilsen vergessen. Mir ist klar: Das nimmt mir keiner ab. Aber es war so.‟

„War es so‟, fragte Polat, „als wäre dieser Mensch aus Ihren Erinnerungen irgendwie ausradiert worden?‟

„Ja, so ähnlich! Später wurde ich ja einmal als Vegesacker Junge ausgewählt. Auf Vorschlag eines Mannes aus dem Turnverein, wurde mir gesagt. Sie glauben es mir bestimmt nicht, aber ich habe Beilsen damals nicht wiedererkannt. Erst viele Jahre später …‟

„Später?‟

„Da war auf einmal diese Statue im Haven. Was für eine Figur! Alles kam wieder hoch, diese ganzen Bilder! Jahrelang waren sie weg, oder nicht weg, aber … wie soll ich sagen … sie waren blass, ganz im Hintergrund. Und plötzlich schrien sie mich wieder an! Und der Fisch in der Hand, da unten! Der Geruch kam wieder hoch. Meine Hand roch immer so nach Fisch, wenn ich ihn reiben musste. Ich dachte nur noch: Diese Figur muss weg, weg, weg! Und auf einmal war sie ja auch weg.‟

„Und Beilsen?‟, insistierte Dobrinski.

„Der fiel mir wieder ein, als ich einen dieser Artikel las. Von diesem Journalisten, Vogelsang. Er hatte da ein Bild vom Verein Vegesacker Junge. Und da war ein Gesicht drauf, und plötzlich wusste ich alles wieder.

Da stand auch, wie er hieß, und was er heute macht. Und dann habe ich ihn wochenlang beobachtet. Ich wusste genau, was er tat. Und dass er Schwule traf. In der Tiefgarage, und an bestimmten Abenden immer denselben. Mit dem ist er dann ins Auto."

„Diese Informationen haben Sie wochenlang zusammengetragen?", fragte der Kommissar nach.

Wedeling nickte.

Dann erzählte er noch, wie er seinerzeit an den Arm gekommen war. Er verstand ja einiges von der Schlosserei, und deshalb konnte er sich vorstellen, wie die Figur befestigt war. Und dann sei ihm eingefallen, dass er einen, der bei Tegentrup arbeitet, von der Berufsschule kennt. Und der habe ihm für ein paar Scheine erzählt, wo die gestohlene Figur aufbewahrt wird. „Den Rest kennen Sie ja", meinte er.

Erschöpft sank er auf seinem Stuhl zusammen.

Dobrinski wollte noch nachsetzen. Vermutlich wollte er an der Frage arbeiten, inwieweit die Tat mit Vorsatz geplant war oder wie sehr sie im Affekt geschehen ist, aber Polat kam ihm zuvor.

„Ich glaube", meinte sie, „für heute ist es genug. Sie haben uns viel berichtet. Vielen Dank für Ihre Offenheit und Ehrlichkeit."

Wedeling blickte sie stumm an und wusste nicht recht, wie er reagieren sollte.

Das nahm ihm die Anwältin ab: „Sie haben Recht, Frau Kommissarin. Sie wollen ihn natürlich noch zur Tat selbst und zum Ablauf befragen. Aber das sollte besser morgen geschehen, damit er sich jetzt erst mal ausruhen kann. Bitte sprechen Sie die Uhrzeit mit mir ab, damit ich auf jeden Fall dabei sein kann."

So verabredeten sie sich. Mario Wedeling wurde in seine Zelle gebracht. Frau Schonck blieb noch einen Moment bei ihm.

Mario saß danach noch eine Weile auf seiner Pritsche. Schon lange war ihm nicht so leicht gewesen. Einzig um Percy machte er sich Sorgen. Ob es ihm gut ging bei der Nachbarin?

# Dreizehntes Kapitel

## *Zaghafte Aufarbeitung*

Am nächsten Morgen wurde die Vernehmung fortgesetzt. Es war im Spätherbst noch einmal ein bisschen wärmer geworden. Sabrina Schonck erschien in einem wild gemusterten und dennoch apart auf ihren Rotschopf abgestimmten Hängekleid.

Mario Wedeling wirkte deutlich gefestigt. Deshalb sah Nuray Polat gelassen zu, wie ihr Kollege heute mit einengenden Fragen auf den brisanten Themenkomplex zusteuerte: Vorsatz oder Affekt? Sie selbst hatte Schwierigkeiten mit dieser juristisch wichtigen Unterscheidung. Muss das wirklich ein Gegensatz sein?

Dobrinski setzte an Marios erregter Schilderung von gestern an. Er sei von dem Gedanken besessen gewesen, dass die Figur weg müsse. „Weg, weg, weg!", zitierte er ihn.

„Nun war sie ja weg", insistierte er, „Hat Sie das nicht beruhigt? Warum mussten Sie unbedingt wissen, wo sie sich befindet? Hatten Sie nicht damals schon den Plan, sie als Waffe gegen Beilsen zu benutzen?"

„Nein", erwiderte Mario, „die Bilder in meinem Kopf hatten sich ja nicht beruhigt. Ich sah dauernd diesen Arm vor mir, diesen Fisch, dieses Reiben. Nicht die Figur musste weg, der Arm musste weg, weg aus meinem Kopf, er musste weg aus dieser Welt!"

„Erzählen Sie mir so etwas nicht", blieb der Kommissar hart. „Sie haben ganz gezielt diesen Sören ausgefragt. Sie sind ganz gezielt in diese Garage gegangen. Sie haben extra Werkzeug mitgenommen, und Sie haben gesägt und gesägt. Das muss Stunden gedauert haben! Der Arm war ja fast auf seiner ganzen Länge am Körper fest. Das war eine Heidenarbeit!"

Mario nickte. „Ja, das war es. Aber wissen Sie, ich kann mit Metallsägen gut umgehen. So schlimm war es auch wieder nicht."

„Aber Sie haben beim Sägen hasserfüllt an Beilsen gedacht, sonst hätten Sie diese Energie gar nicht aufbringen können!"

Überraschenderweise reagierte Mario auf diese Frage nicht aufgeregt, sondern wirkte eher nachdenklich. „Habe ich dabei an Beilsen gedacht? Ich glaube nicht. Ich hatte ständig diesen Fisch vor Augen. Dieses Bild sollte weg! An Beilsen habe ich erst später wieder gedacht, viel später."

„Aber Sie haben den Arm nicht weggeworfen, sondern mitgenommen! Er war also nicht weg! Sie haben ihn aufbewahrt, um Beilsen damit zu erschlagen!"

„Sie müssen nicht antworten!", intervenierte Frau Schonck.

„Kann ich auch nicht", sagte Wedeling, beinahe etwas kleinlaut. „Zuerst wollte ich den Arm wirklich wegwerfen. Aber dann konnte ich es nicht. Ich musste ihn behalten. Als ob er irgendwie zu mir gehörte. Ich kann es nicht erklären."

„Aber, aber! Sie haben ihn doch gezielt mitgenommen, als sie zur Tiefgarage gingen, um Beilsen aufzulauern!"

„Ja, das habe ich", antwortete Mario und achtete nicht auf einen beschwichtigenden Fingerzeig seiner Anwältin. „Die Figur war weg, aber das nützte nichts. Beilsen war noch da, war ständig in meinen Gedanken. Ich habe von ihm geträumt. Wenn ich aufwachte, war er in meinem Kopf. Seinetwegen konnte ich nicht einschlafen. Es war der Horror. Irgendwann dachte ich: Er ist es, der weg muss. Nicht die Figur. Er muss aus meinem Kopf, er muss weg aus dieser Welt. Und der Arm, der gehört dazu. Es war sein Arm, es war seine Hand, es war sein Penis, ja. Verflucht!"

Jetzt brach es wieder aus ihm heraus. Die Gelassenheit des frühen Morgens riss auseinander. Sabrina Schonck legte ihre Hand auf die seine. Er blickte sie an und lächelte scheu.

„Es ist gut", sagte Polat, „ich glaube, mehr kann Herr Wedeling heute nicht dazu sagen."

Dobrinski war dieser Eingriff seiner Kollegin nicht ganz recht, aber er fügte sich.

Das große Interesse der Öffentlichkeit – Beilsen war schließlich eine bekannte Persönlichkeit, über die nördlichen Stadtteile hinaus – erzwang am Tag danach eine Pressekonferenz, vor Ort in Vegesack. Die Staatsanwaltschaft lud ein.

Die anwesende Presse sowie der Regionalsender des Fernsehens wurden begrüßt. Auch der Chef der Kriminalpolizei war gekommen. In Absprache mit dem Staatsanwalt stellte er Kurt Dobrinski und Nuray Polat von der Mordkommission vor und übergab ihnen das Wort zur Berichterstattung.

Neben ihnen hockte Lars Strömer auf dem Podium, um eventuelle Fragen zur Bronzestatue und zum Diebstahl zu beantworten.

Sabrina Schonck saß in einem eleganten dunkelblauen Hosenanzug in der ersten Reihe. Sie werde, so hatte sie es unmissverständlich angedroht, sofort einhaken, falls sie der Meinung sein sollte, ein Aspekt der

Darstellung könne ihrem Mandanten zum Schaden reichen.

Auch Frau Beilsen hatte ihren Rechtsanwalt in die Konferenz geschickt, um unbewiesene ehrverletzende Behauptungen zum Nachteil ihres ermordeten Mannes zu verhindern.

Dementsprechend vorsichtig äußerte sich Dobrinski, der als Leiter der Mordkommission zuerst sprach. Wenn von dem jungen Mann die Rede war, benutzte er nur die Abkürzung des Namens und wies einen Journalisten, der bei einer Frage ungeniert den Nachnamen aussprach, scharf zurecht. Die Anwältin sprang auf und schickte eine Klagedrohung hinterher, falls der Name in der Zeitung erscheinen sollte.

Die mutmaßlichen Verfehlungen Beilsens in seiner Trainerzeit wurden nur vage angedeutet und als Einlassungen des Verdächtigen gekennzeichnet. Ihr Wahrheitsgehalt stehe hier nicht zur Debatte, könnte aber im zu erwartenden Prozess eine Rolle spielen.

Zwischendurch fragte tatsächlich jemand nach der Skulptur. Strömer konnte nur das berichten, was schon bekannt war: Festnahme und Überführung einer Gruppe von Polen. Ja, dem in Vegesack ansässigen Bekannten des Trios werde eine Beteiligung unterstellt, auch ihm drohe eine Anklage.

„Und was passiert mit der zersägten Statue?"

Hier konnte die Mitarbeiterin des Ortsamts einhelfen. Ihr Chef hatte sie aus seinem Urlaub heraus extra in die Versammlung beordert. Der Bildhauer habe schon den Auftrag zur Reparatur. Das Geld dafür stamme aus Spenden, über deren Herkunft Stillschweigen vereinbart sei.

Dann nahm Nuray Polat das Wort. Kein Zuhörer registrierte, wie sie sich per Augenkontakt, begleitet von kurzem Kopfnicken, rasch mit Sabrina Schonck verständigte: „Zwischen der Staatsanwaltschaft und dem Beschuldigten sowie seiner Anwältin, Frau Schonck", hier wies sie mit der Hand auf die erste Reihe, „wurde abgesprochen, dass dieser sich einer psychiatrischen Untersuchung unterziehen wird. Als Gutachter hat man sich auf Dr. Rüdiger Böhme verständigt."

Überrascht sprach Ben Vogelsang, der die Norddeutsche vertrat, Frau Schonck direkt an: „Wieso Böhme? Ihr Vater hat sich doch in aller Öffentlichkeit mit ihm gestritten! Dass Sie ihn als Gutachter akzeptieren, überrascht mich."

Sabrina Schonck drehte sich zu ihm um. „Mein Vater hat sich nach dieser Beiratssitzung mehrmals mit ihm getroffen und mit ihm diskutiert. Es waren wohl sehr gute Gespräche. Mein Vater sagte, sie hätten beide voneinander gelernt."

In dem Moment stand jemand auf, der einsam in der letzten Reihe hinter den Presseleuten saß: Dr. Böhme.

„Ich muss dazu etwas sagen", begann er, „Selbstverständlich sage ich nichts unmittelbar zu meinem Gutachtenauftrag. Ich habe mit der Untersuchung noch gar nicht angefangen, und selbst wenn, dann wären irgendwelche Ergebnisse nicht für die Öffentlichkeit bestimmt. Erst in einem späteren Prozess kann darüber berichtet werden."

Einmal im Redefluss, kam er jedoch auf einige grundsätzliche Themen zu sprechen, die, wie er sagte, möglicherweise mit der hier in Rede stehenden Tat zusammenhängen könnten. Eine Mahnung des Chefs der Kripo, vorsichtig zu sein, ignorierend, erläuterte er, wie sehr unser Gedächtnis von Gefühlen abhänge, dass es Schutzmaßnahmen des Gehirns gebe, die eigene Erinnerungen verfälschen und sogar auslöschen könnten.

„Und weil das so ist", schloss er, „sind wir bei starken Emotionen und bei dramatischen, scheinbar unverständlichen Handlungen auf die Methode der Deutung angewiesen, um den verborgenen Sinn des Geschehens zu verstehen. Das hat uns unwiderruflich die Psychoanalyse Sigmund Freuds gelehrt."

„Vielen Dank, Herr Dr. Böhme", sagte Polat rasch und holte sich durch ein kurzes Seitengespräch das Einverständnis des obersten Chefs: Sie dankte der anwesenden Presse, hatte Glück, dass niemand mit einer weiteren Frage einhakte, und schloss die Versammlung.

Gerade nochmal an einem drohenden Befangenheitsantrag vorbeigeschrammt, dachte sie erleichtert und nahm sich vor, demnächst einmal mit Böhme zu telefonieren. Könnte ja sein, dass sich ein Pressemensch direkt mit ihm in Verbindung setzt, und was bei seiner Freude an Selbstdarstellung passieren könnte, wollte sie sich nicht ausmalen.

Ben saß in seinem Gartenhäuschen wie in einer Zwickmühle. Ein Artikel über die Pressekonferenz musste noch am gleichen Tag in die Redaktion. Doch was sollte er schreiben? Er wusste deutlich mehr, als man dort berichtet hatte, oder wenigstens ahnte er es. Was das Mordopfer vor vielen Jahren dem mutmaßlichen Täter angetan hatte, wurde mehr verwischt als verdeutlicht. Nichts sei bewiesen, nur behauptet, maximaler Schutz der Familie, über Tote wird nichts gesagt außer Gutes.

Ihm war klar, welche Tragik hinter dem Geschehen stand. Was sollte er tun? Vielleicht sogar versuchen, ein Interview mit dem Täter zu führen? In dieser Phase der Prozessvorbereitung ein Ding der Unmöglichkeit.

Er kam zu dem Schluss, dass es für ihn selbst als Journalisten, aber vor allem auch für den Täter besser sei, die ganze Thematik des Missbrauchs dem Gericht zu überlassen. Alles andere würde womöglich heiße öffentliche Diskussionen auslösen, und kein Mensch konnte voraussehen, ob diese dem Missbrauchsopfer nützen oder eher schaden würden.

Er schrieb also einen äußerst sachlichen Bericht, ohne Spekulationen. Sogar Dr. Böhme erwähnte er nur am Rande.

Am nächsten Tag erwartete ihn eine unglaubliche Überraschung: Björk!!! Einfach per WhatsApp: „Bin gleich am Vegesacker Bahnhof! Komm, wenn du kannst, dort zum Bistro!"

So schnell war Ben noch nie die paar Kilometer geradelt. Björk! Sie fielen sich um den Hals. Wieso jetzt so plötzlich?

„Ach, Ben, ich wollte schon vor ein paar Tagen vom Himmel fallen. Du weißt, ich liebe solche Aktionen. Du hast nichts geahnt, was?"

Die isländische Kapitänin erzählte, sie sei durch eine dieser unüberlegten Eskapaden ihres Mitarbeiters Gummi aufgehalten worden. Er habe mit einer netten Touristin, die ihm gefiel, einfach eine kleine Extratour mit dem Wahlbeobachtungsschiff *Haukur* gemacht.

Ben nickte. Die beiden waren mit dem Schiff ja mehrere Wochen in Vegesack gewesen, und Gummi war einen Fall von gefährlicher, beinahe tödlicher Körperverletzung verwickelt. Ben und Björk hatten der Polizei bei der Aufklärung geholfen. Dieser Gummi war immer zu irgendeinem Unsinn fähig.

Er erzählte ihr alles von der Skulptur, dem Diebstahl und dem Mord. Und von seinem Dilemma, über Hintergründe schweigen zu sollen, die ihm klar waren. Schwer für einen leidenschaftlichen Journalisten!

Für Björk war die Lage sonnenklar. „Es ist richtig, dass du nichts über die Hintergründe geschrieben hast!", sagte sie. „Ich kann dir lustige Stories von der Walbeobachtung erzählen, da kannst du Artikel draus machen. Aber lass den armen Kerl in Ruhe."

Ben nickte. Im Grunde sei ihm das klar. Dennoch: Er konnte das Thema nicht einfach übergehen. Er fand einen Kompromiss und schrieb einen allgemeinen Kommentar über Missbrauch im Sport – nicht nur in den Kirchen, worüber alle redeten. Und er schloss mit einem beinahe flammenden Appell, hinzuhören, wenn Kinder etwas andeuten. Sie müssten, so schrieb er, in ihrer Not wahrgenommen werden, denn sie leiden gewaltig, nicht selten ein ganzes Leben lang.

Etwa zur gleichen Zeit hatte Mario Wedeling einen Besuch im Untersuchungsgefängnis. Seine Mutter. Sie konnten kaum etwas zueinander sagen. Sie saßen sich lange still gegenüber. Irgendwann fasste Frau Wedeling die Hände ihres Sohnes. Beider Augen füllten sich mit Tränen. Dann erhob sich die Mutter, ging um den Tisch herum, zog Mario vom Stuhl hoch und umarmte ihn.

Minutenlang standen sie so und weinten.

Die Beamtin, die Aufsicht führte, hätte einschreiten müssen. Umarmungen sind verboten. Sie brachte es nicht übers Herz.

**Epilog**

Endlich stand sie wieder an ihrem Platz an der Haven-einfahrt: die neue Statue des Vegesacker Jungen, repariert vom Künstler höchstpersönlich.

Jetzt konnte Luise auf ihrer Fremdenführerrunde an dieser Stelle mit einer ganz neuen Geschichte aufwarten, einer Gruselgeschichte um Diebstahl, um Frevel mit einer Metallsäge an der Skulptur, und um Mord und Totschlag mittels eines abgetrennten Bronzearms.

„Dieser Arm da, mit dem Fisch in der Hand, der war abgesägt? Das war das Mordwerkzeug?"

Solche Fragen konnte sie bedeutsam bejahen.

„Man sieht keine Naht zwischen Arm und Rumpf. Sehr gut repariert. Professionelle Arbeit", sagte ein Tourist anerkennend.

„Ich habe das gelesen", meldete sich eine ältere Frau. „Diese Hand da am Fisch, das hat jemanden an Masturbation erinnert? Und an Missbrauch im Kindesalter? Und deshalb der Mord? Weil dieser Arm so aussieht mit dem Fisch?" Sie schüttelte den Kopf.

„Jawohl", sagte Luise, „und ein Psychiater hat bestätigt, dass dieser Arm im Unterbewusstsein die gleichen Gefühle hervorruft, wie wenn man masturbiert." Oder so ungefähr, dachte sie. Dieses letzte Wort ‚masturbiert' fiel ihr immer noch schwer, aber als gewiefte Fremdenführerin musste man da durch.

„Komisch", sagte eine andere Dame, „Ich sehe da nichts als eine Hand, die einen Fisch hält."

„Aber der Winkel, so da unten, und die Höhe der Hand, und der Abstand ...", stotterte Luise, aber jetzt kamen auch ihr Zweifel.

Der Arm war wieder dran, ja. Alles wie neu. Aber war alles wirklich so wie vorher? Ist es genau derselbe Arm? Oder hält die Figur ihre Hand etwas anders als damals? Eine Spur weiter weg vom Körper? Und der Fisch, ist auch der nicht mehr ganz so nah an dem, was da unten so ist beim Mann?

Luise kam es plötzlich so vor, als hätte der Künstler bei seiner Restaurierungsarbeit ein bisschen geschummelt. Sie wusste noch nicht, ob sie das richtig fand, oder vielleicht doch ein bisschen schade ...

Missbrauch ist Menschen zertreten wie Gras.

*Else Pannek (1932-2010), deutsche Lyrikerin*

### Zum Autor

Jochen Windheuser lebt in Bremen-Vegesack und hat erst Jahre nach seiner Pensionierung als Hochschullehrer begonnen, sich als Hobbyschriftsteller zu versuchen. Folgende Bücher sind veröffentlicht, alle im Verlag Books on Demand, Norderstedt (auch als E-Books):

### Ingólfur – Ein Leben in Island

Ein geschichtlicher Roman - das Produkt von Islandreisen und jahrelanger Beschäftigung mit diesem Land. *2020, ISBN 978-3-7504-3770-8, 328 S., 13,80 €*

### Sonette an Helden und Heldinnen der Geschichte

25 historische Persönlichkeiten werden in dieser strengen, klassischen Form der Lyrik gewürdigt. *2020, ISBN 978-3-7526-6817-9, 116 S., 9,80 €*

### Limericks aus dem Bremer Norden

Streng auch hier die lyrische Form, aber der Inhalt grenzt an schwarzen Humor. *2020, ISBN 978-3-7526-7291-6, 40 S., 6,80 €*

### Zeitenfuge – Das zweite Leben des Benno von Ansperg

Phantasievoller Science-Fiction-Roman mit einem Mix aus Physik, Neuropsychologie, Geschichte, religiöser Mystik und Kulturen. *2021, ISBN 978-3-7534-4161-0, 296 S., 14,80 €*

### Im Bauch des Schulschiffs

Ein Krimi aus dem Bremer Norden. Ein altes Schiff soll den Vegesackern weggenommen werden. Sechs Gestalten sind am Vorabend an Bord. Einer überlebt das nicht, und alle anderen sind verdächtig. *2021, ISBN 978-3-7557-1316-6, 235 S., 12,80 €*

### Unvergessliche Augenblicke

Kurzgeschichten aus dem Leben. Es geht um Kindheitserinnerungen, schicksalhafte Momente, Entscheidungen, Reiseerlebnisse, tragikomische Vorfälle, und um Musik, die von Augenblicken lebt. *2022, 978-3-7562-2319-0, 192 S., 9,80 €*

### Havengeburtstag

Ein neuer Krimi aus Bremen-Nord um ein vom Walfang begeistertes Mädchen, zwei schwierige Freunde mit Familie, zwei Isländer mit einem Walfängerschiff, die *Sea Shepherds* und einen Schweinswal. *2023, 978-3-7578-5243-6, 224 S., 12,80 €*